JN258056

FROM 2003
なんでも魔女商会

あたらしいわたしの探《さが》し方《かた》

あんびるやすこ

岩崎書店

もくじ

なんでも魔女商会《まじょしょうかい》のおはなし

なんでも魔女商会《まじょしょうかい》リフォーム支店《してん》は、ふるいドレスをお直《なお》しで生《う》まれかわらせてくれるお店《みせ》。ほんとうにご用《よう》のある人《ひと》だけが、ほんとうにご用《よう》があるときにだけみつけられる魔法《まほう》がかかったこの店《みせ》には、いろいろなおきゃくさまがやってきます。うでのいいおさいほう魔女《まじょ》シルクは、ナナ、コットンといっしょに、すてきなお直《なお》しでどんな注文《ちゅうもん》にもこたえていきます。

シルク

なんでも魔女商会《まじょしょうかい》リフォーム支店《してん》の店主《てんしゅ》。口《くち》はわるいけれど、うではいいおさいほう魔女《まじょ》。

ナナ

ニンゲンの女《おんな》の子《こ》。おさいほうが大好《だいす》きで、シルクを手《て》伝《つだ》っている。

めしつかい猫《ねこ》。お茶《ちゃ》をいれさせたらピカイチ。アイロンがけもじょうず。

コットン

デーテ

シルクのいとこの
探偵魔女《たんていまじょ》。
いいとこ探《さが》しで活躍《かつやく》
したのですが…。

黒猫《くろねこ》のゆびぬき

魔法《まほう》のゆびぬき。トルソーをよびだしたり、
スケッチブックの絵《え》にダンスをさせたりすることができる。

ため息《いき》のハイヒール

ため息《いき》がでるほど
うつくしいけれど、
はきこなすのが
むずかしいハイヒール。

セルジア

知《し》らない魔女《まじょ》はいないくらい、
ゆうめいな「くつデザイナー
魔女《まじょ》」。ため息《いき》のハイヒールを
作《つく》った。

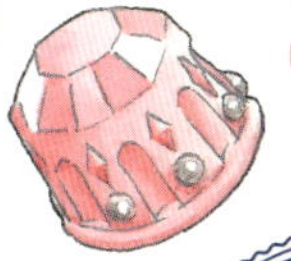

ピンク水晶《すいしょう》のゆびぬき

もうひとつの魔法《まほう》のゆびぬき。
いっしゅんで着《き》がえさせられる。

FROM 2003
なんでも魔女商会

人間以外《にんげんいがい》なら、
だれでも知《し》っている
由緒《ゆいしょ》ただしい魔法《まほう》の店《みせ》。
「リフォーム支店《してん》」のほかに
「お仕立《した》て支店《してん》」や「星占《ほしうらな》い支店《してん》」など、
いろいろな支店《してん》があり、
せんもんの魔女《まじょ》が
はたらいている。

マニー

運動《うんどう》がとくいで、いつも男《おとこ》の子《こ》のような
ファッションをしている。女《おんな》らしくできないのが悩《なや》み。
魔法《まほう》のほうきの修理魔女《しゅうりまじょ》。

1

魔女《まじょ》デーテ、またやってくる

「こんな日《ひ》に、ほうきにのって飛《と》んだら、きっと気《き》もちがいいんでしょうね」

雲《くも》ひとつない青空《あおぞら》をみあげながら、ナナはリフォーム支店《してん》にやってきました。まっ赤《か》なドアの前《まえ》に立《た》つと、その横《よこ》に一本《いっぽん》の、みなれないほうきがたてかけてあるのをみつけます。

いいえ、ほうきはたてかけてあるのではなくて、地面《じめん》からすこしうきあがってふわふわとしていました。ナナがじっとみつめていると、ほうきは退屈《たいくつ》している犬《いぬ》がするように、ナナにまとわりついてきます。でも自分《じぶん》の主人《しゅじん》でないと気《き》づくと、ガッカリして元《もと》の場所《ばしょ》にもどっていきました。

「魔女《まじょ》のおきゃくさまがきているのね。どんな魔女《まじょ》かしら」

ナナはワクワクして、いきおいよくドアをあけました。

「あら、いらっしゃい」

そういうシルクのむこうに、やっぱりもうひとりの魔女《まじょ》がいました。

その魔女《まじょ》は、つかれはてたようにテーブルにうつぶして、手《て》をだらんとのばしてすわっています。そのだらしのないリラックスぶりからすると、この魔女《まじょ》はおきゃくさまというよりシルクの知《し》りあいなのでしょう。

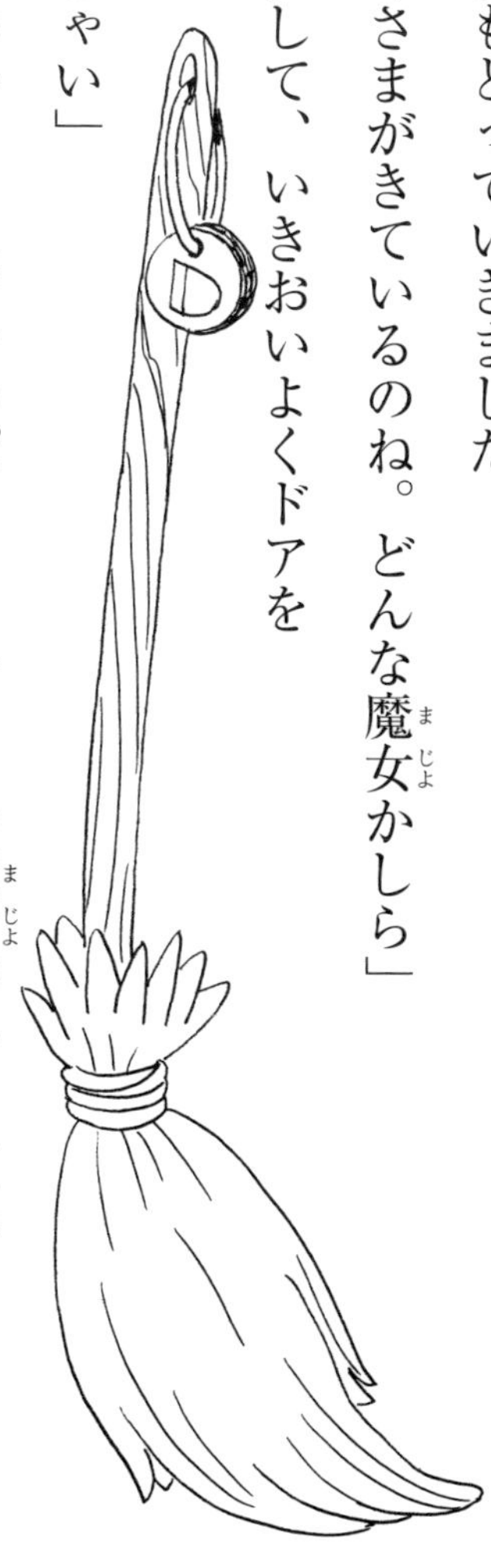

「シルクのお友《とも》だち？」

そうたずねるナナの声《こえ》をきくと、その魔《ま》女《じょ》は急《きゅう》にスイッチがはいったように立《た》ちあがりました。そしてナナに顔《かお》をむけたのです。

「まあ！　ナナじゃないの！　ひさしぶりね」

かけよってきた魔《ま》女《じょ》をみて、ナナもうれしい声《こえ》をあげました。

「デーテ！　またあえてうれしいわ」

ナナとデーテは手《て》をとりあうと、わらいながらはねるように、よろこびました。

そんなふたりをみて、シルクは肩《かた》をすくめています。

デーテは探《たん》偵《てい》魔《ま》女《じょ》。シルクのいとこです。気《き》のよい魔《ま》女《じょ》ですが、あきっぽく、気《き》がかわりやすいところがありました。そして、探《たん》偵《てい》の仕《し》事《ごと》が

いやになると、仕事《しごと》をめしつかい猫《ねこ》におしつけて、

こうしてシルクの店《みせ》へとまりにくるのです。

「『いいとこ探《さが》し』のお仕事《しごと》の調子《ちょうし》はどう?」

ナナがデーテにそうたずねました。

「いいとこ探《さが》し」とは、依頼《いらい》したおきゃくさまのあとをこっそりつけて、

その人《ひと》のいいところやりっぱなところをみつける仕事《しごと》です。

つまり、おきゃくさまは自分《じぶん》を探偵《たんてい》してもらうのです。

自分《じぶん》のいいところは、な

かなか自分《じぶん》ではわからないもの。そんなわけで、デーテがはじめたこの仕事《しごと》は大繁盛《だいはんじょう》しました。

ところがいま、デーテはため息《いき》をついて、首《くび》を横《よこ》にふっています。

「『いいとこ探《さが》し』は、もうやめちゃったわ、ナナ」

それをきいて、ナナはおどろきました。

デーテはもともと、ライバルの弱《よわ》みや悪《わる》いところをこっそりしらべたりする、ふつうの探偵魔《たんていま》女《じょ》でした。仕事《しごと》をたのんでくるのは、自分以外《じぶんいがい》の人《ひと》を信《しん》じられない魔女《まじょ》ばかり。そんな仕事《しごと》にウンザリしたデーテにとって「いいとこ探《さが》し」はやりがいのある仕事《しごと》だったはずです。

「どうしてやめちゃったの、デーテ？　あんなに、はりきっていたのに」

するとデーテは、肩《かた》をすくめてみせました。

「わたしだって、やめたくはなかったわ、ナナ。はじめたころには、たくさんの注文《ちゅうもん》があったのよ。でもね……。最近《さいきん》は、探偵魔女《たんていまじょ》という探偵《たんてい》魔女《まじょ》が、みんな『いいとこ探《さが》し』の仕事《しごと》をはじめたの。わたしがおもいついた商売《しょうばい》なのに、いまではライバルだらけ……ってわけ」

デーテはすこしくやしそうに腕《うで》をくみなおすと、こうつづけました。

「おきゃくさまの取《と》り合《あ》いで、もう何《なん》ヵ月《げつ》も『いいとこ探《さが》し』の注文《ちゅうもん》がないの。だから、もうやめちゃったのとおなじ……ってわけなのよ」

それから、大《おお》げさにため息《いき》をついて、シルクに顔《かお》をむけました。

「わたし、もう探偵魔女《たんていまじょ》なんてやめようかしら。ねえ、シルク。どうおもって?」

「ちょっとうまくいかないと、あんたは、すぐそういうんだから。デーテ」

シルクは肩《かた》をすくめてそういうと、それ以上相手《いじょうあいて》にしないようすです。

そういえば、この前《まえ》デーテがきたときにも、「探偵魔女《たんていまじょ》なんて、もうやめたい」とシルクにはなしていたのを、ナナはおもいだしました。

そのとき、紅茶《こうちゃ》のいい香《かお》りが、店《みせ》じゅうにふわりと広《ひろ》がりました。

コットンがキッチンからお茶《ちゃ》をはこんできたのです。

2

ナナとマラソン

「しずかなティータイムもいいものですが、にぎやかなのもまた、お茶《ちゃ》の味《あじ》がいっそうおいしくなるものでございます」

「そうこなくっちゃ！」

デーテは急《きゅう》に元《げん》気《き》になって、コットンからカップをうけとりました。

そして、お菓子《かし》ののったお皿《さら》をのぞきこみます。

「まあ！　きょうのお菓子《かし》はコットン手《て》づくりのフィンガークッキーね。

これ、大好《だいす》きよ」

「ありがとうございます、デーテさま。さあ、ナナさまも……」

と、たっぷりと紅茶《こうちゃ》をそそいだカップをナナにわたしながら、コットンはおやっと声《こえ》をあげました。

ナナの手《て》にばんそうこうがなん枚《まい》もはってあることに気《き》がついたからです。よくみると、ひざにもはってありました。

「これは、ナナさま。おけがをなさったのですね。だいじょうぶでございますか？」

「だいじょうぶよ、コットン。ちょっところんだだけだから、心配《しんぱい》しないで。ありがとう」

ナナははずかしそうにそういいましたが、シルクもナナをじっとみつ

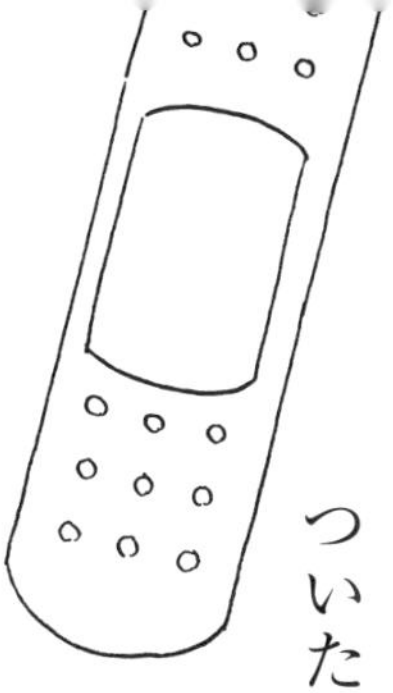

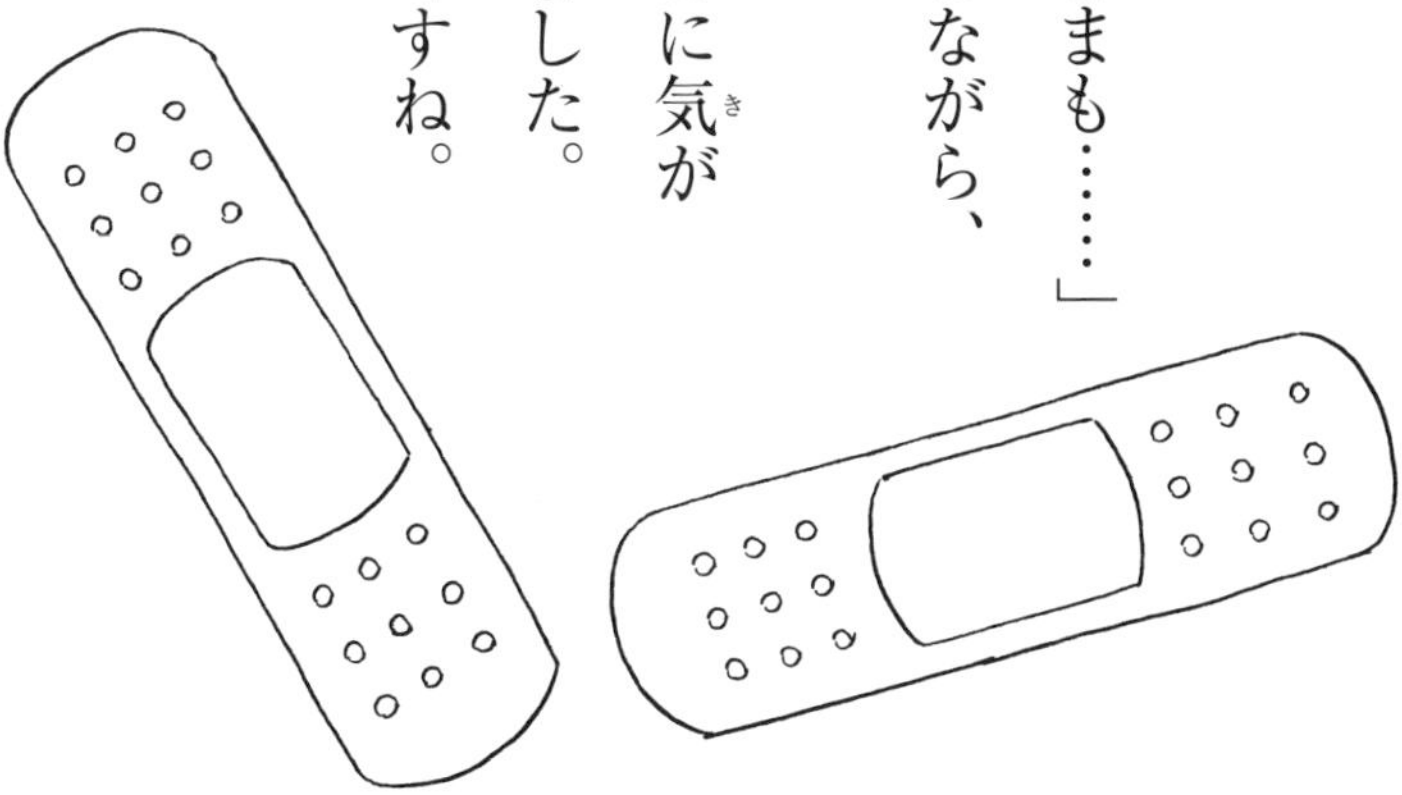

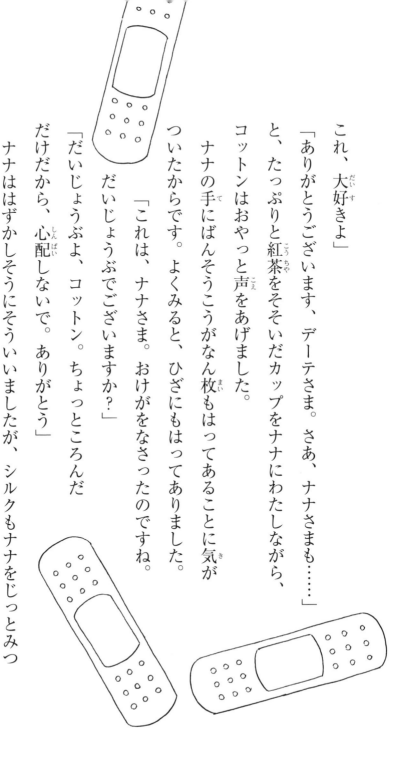

めました。
「ずいぶん、はでにころんだんじゃなくって？
ナナ。いったいなにがあったの？」
するとナナは、いいづらそうに
うつむきました。
「わたしね、けさから
マラソンを
はじめようとしたの」
それをきくと、
シルクと
コットンは

おどろいて顔《かお》を
みあわせました。
「ナナさまが
マラソンで
ございますか？」
「ナナが、マラソン？
ちょっと、意外《いがい》な感《かん》じだわ」
シルクも不思議《ふしぎ》そうな顔《かお》を
していいます。
ナナはどちらかというと、
運動《うんどう》がにがてだからです。

しかも、運動《うんどう》のなかでもしんぼう強《づよ》さが
ひつようなマラソンをはじめたときいて、
おどろきました。
すると、ナナはふうっと息《いき》をはきだします。
「そうよね。マラソンなんて、やっぱりわたし
らしくないわよね……」

ナナは、マラソンランナーがかいた本《ほん》をよんで
大感動《だいかんどう》したことをはなしました。
それで自分《じぶん》もチャレンジして
みようとおもったのです。
「はしるなら、

朝《あさ》にしようとおもったの。
気《き》もちがいいでしょ。でもね……」
ナナはガッカリしたようすで、こうつづけました。
「なかなか目《め》がさめなくて、
寝《ね》ぼけたままはしりだしたら、家《いえ》の前《まえ》の
階段《かいだん》でころんじゃったのよ」
そういうナナを、コットンが心配《しんぱい》
そうにみあげています。
「それは、災難《さいなん》でございました。
どうぞこれからは、気《き》をつけて
はしってくださいませ、ナナさま」

するとこんどは、ナナはあかるくわらいました。

「だいじょうぶよ、コットン。もうマラソンはやめるつもり。そもそも、はじめてさえいないんですもの。けさだって、ちっともはしってないの。ただころんで家《いえ》にもどっただけだから」

それから、ナナはひとりで大《おお》きくうなずきます。

「そうよね、マラソンなんて『わたしらしく』なかったわ。やっぱり自《じ》分《ぶん》らしくないことをむりにしようとしてもダメなのよ」

ナナがあっさりとそういうと、コットンがまたじっとみあげました。

「やめるのでございますか？　それはもったいのうございますね。せっかくおもいきってチャレンジしましたのに」

すると、シルクもこういいました。

「そうよ、ナナ。
『わたしらしく
ないから』なんて、
やらないいいわけには
ならなくてよ。だいたい、
一回《いっかい》もはしってないのに
『自分《じぶん》らしい』かどうかなんて、わからないんじゃなくって？」
「そうかしら？」
ナナは首《くび》をかしげて、ばんそうこうの上《うえ》からすり傷《きず》をなでました。まだひりひりといたんでいます。
と、そのとき。ドアをノックする音《おと》がきこえてきました。

3

魔女《まじょ》マニー

「いらっしゃいませ」

コットンがドアをあけると、そこにはひとりの魔女《まじょ》が立《た》っていました。たいていの魔女《まじょ》がそうするように、この魔女《まじょ》も黒《くろ》い服《ふく》を着《き》ています。（最《さい》近《きん》は、紺《こん》やむらさきのドレスを着《き》る魔女《まじょ》もいますが）といっても、シルクが着《き》ているクラシックな魔女《まじょ》ドレスとはまったくちがっていました。

それはまるで男《おとこ》の子《こ》が着《き》るようなファッションだったのです。みつあみをまきあげたヘアスタイルも、ショートヘアのようにみえます。けれど、この魔女《まじょ》には、それがとてもにあっていました。

「さあ、どうぞおはいりくださいませ、おきゃくさま。お洋服《ようふく》のお直《なお》しでございますね？」

と、コットンが魔女《まじょ》がもってきたドレスをうけとろうとすると、その魔女《まじょ》はぽかんとした顔《かお》をしました。

「まあ、ここは洋服《ようふく》のお直《なお》し屋《や》さんなの？　古着屋《ふるぎや》さんをめざしてある

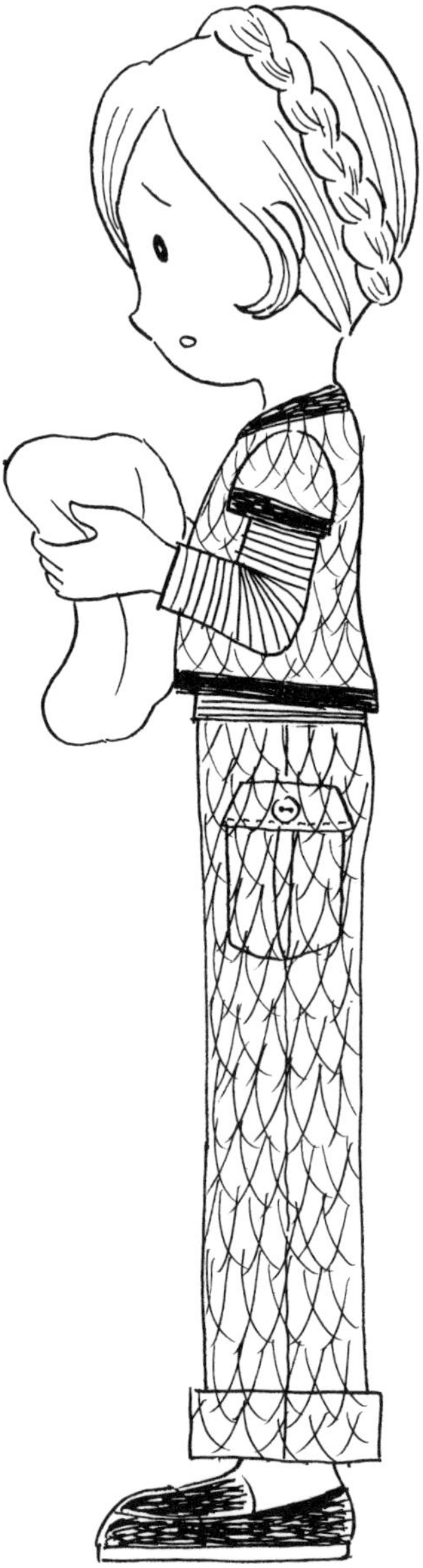

いていたつもりなのに……どこで道《みち》をまちがったのかしら？　このドレスはお直《なお》しじゃなくて、古着屋《ふるぎや》さんにひきとってもらうつもりなのよ」

と、手《て》にしたドレスを、ちょっともったいなさそうにみつめました。

そんなようすをみて、ナナがシルクにこう耳打《みみう》ちします。

「なんだか、ほんとうは古着屋《ふるぎや》さんに売《う》りたくないみたい」

シルクもしずかにうなずきました。シルクは、どうしてこの魔女《まじょ》がここへやってきたのか、わかっていたのです。そして、この魔女《まじょ》がドレスを手《て》ばなさずにすむようにリフォームするのが、自分《じぶん》の仕事《しごと》だとおもいました。なんといっても、この店《みせ》には、ご用《よう》のある人《ひと》がご用《よう》のあるときにだけ、たどりつける魔法《まほう》がかけてあるのですから。

そこでコットンが、こうたずねました。
「そのドレスはもう着《き》ないのですか？
ええっと……魔女《まじょ》どののお名前《なまえ》は」
「わたしはマニーよ」
「では、マニーどの。そのドレスは、まだ
あたらしそうにみえますが、
どうしてもう
着《き》ないので
ございましょう」
その質問《しつもん》に
マニーが口《くち》を

ひらこうとした
ときでした。突然《とつぜん》、
マニーの目《め》の前《まえ》に
デーテが立《た》ちふさがって、
こういったのです。
「まって！　こたえないで、
マニー。わたしが推理《すいり》してみせるわ。
わたしは名探偵《めいたんてい》デーテよ」
　そしてマニーをじっとみながらつぎつぎに
理由《りゆう》をあげていったのです。
「わかったわ。穴《あな》があいてしまったからね」

デーテがそういうと、マニーは首《くび》を横《よこ》にふりました。

「あら、ちがった？　じゃあ、着《き》あきたから。ううん、猫《ねこ》がそそうをしたから、……」

デーテはつぎつぎに理由《りゆう》をあげていきます。なかには、太《ふと》ったからなんていう失礼《しつれい》な理由《りゆう》までありました。

でも、どれもあたりません。

「もういいわ、デーテ。理由《りゆう》はマニーにききましょ」

シルクがばっさりとそういって、みんながマニーをみつめると、マニーはため息《いき》をつきました。

「それはその……、わたしには、にあわないからよ」

そういったあと、マニーはだれにもいえなかった気《き》もちを、おもいきってことばにしはじめたのです。

「わたしはこのとおり女《おんな》らしくないでしょ。だから、ドレスは着《き》たことがないし、着《き》てみたいっておもったこともなかったのよ。でも、このドレスを

お店《みせ》のウインドウで一目《ひとめ》みたとたん、どうしても着《き》てみたくなっちゃったの。もちろん『わたしらしくない』ってわかっていたわ。それなのに、着《き》てみたい気《き》もちはどんどん大《おお》きくなって……。それでおもいきって買《か》っちゃったの」

そうきいても、みんなは首《くび》をかしげました。そのドレスを着《き》たかったとしても、ふだん着《き》るようにはみえません。なぜそれほど、ほしかったのでしょう。すると、マニーはこうつづけました。

「じつはわたし、最近《さいきん》社交《しゃこう》ダンスをならいはじめたの。社交《しゃこう》ダンスなんてわたしらしくないっておもったけど、仲良《なかよ》しの魔女友《まじょとも》だちもいっしょだし、ならってみたら、たのしかったわ。それに毎週土曜日《まいしゅうどようび》にはダンスパーティーもあるのよ」

「すると、マニーどのは、そのダンスパーティーのために、このドレスを買《か》われたのでございますね」

コットンがそういうと、マニーはさびしそうにうなずきました。

「そのとおりよ。でも、ダンスの練習《れんしゅう》をいつもスパッツやスラックスでしていたわたしが、パーティーでとつぜんドレスを着《き》るなんて……いま、おもいだしてもはずかしい！　きのう、いつもの土曜日《どようび》のダンスパーティーに、このドレスを着《き》ていったなんて、おもいだしたくもないわ」

マニーはいまにも泣《な》きだしそうな顔《かお》になりました。

きっとパーティーで大失敗《だいしっぱい》をしたのにちがいありません。それはどんな失敗《しっぱい》だったのでしょう。マニーは深呼吸《しんこきゅう》をひとつしたあと、はなしをつづけました。

「わたしがドレスを着《き》てダンスフロアにいくと、わたしをみた友《とも》だちが大《おお》わらいをはじめたの。『もう、マニーったら、いつもわたしたちをわらわせようとするんだから！』って。わたしはよくみんなをわらわせるから、そうおもったのね……。でも、冗談《じょうだん》じゃないんだって気《き》がついたら、みんなまっ青《さお》になってたわ」

それをきいて、ナナはマニーが気《き》のどくになりました。そしてマニーの友《とも》だちのことも。みんながマニーをとても傷《きず》つけたと気《き》がついたとき、どんなにくやんだことでしょう。そのことは、マニーもよくわかっているようでした。すこしも怒《おこ》っていなかったからです。でも、とてもさびしそうに、こうしめくくりました。

「それからわたしは、にげるようにして、家《いえ》にもどったの。そして、すぐにドレスをぬいで、つぎの日《ひ》には、こうして古着屋《ふるぎや》を探《さが》しているというわけなのよ」

マニーのはなしがおわると、デーテが首《くび》をかしげました。

「ドレスが、そんなににあわなかったわけ？」

デーテの失礼《しつれい》なことばに、ナナもコットンもはらはらしました。けれど、心《こころ》のなかでは、みんな不思議《ふしぎ》におもっていたのです。

（みんなに大《おお》わらいされるほど、

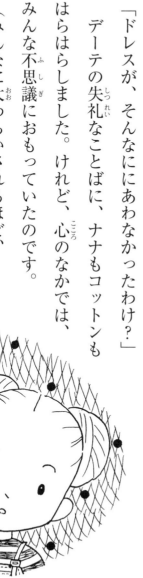

にあわないなんて……。そんなことってあるかしら?）

「ちょっと着《き》がえてみせてちょうだい、マニー」

シルクはそういうと、マニーがこたえる前《まえ》にピンク水晶《すいしょう》の指《ゆび》ぬきをはめて、指《ゆび》をくるりとふりました。この指《ゆび》ぬきには、一瞬《いっしゅん》でお着《き》がえをさせる魔法《まほう》の力《ちから》があるのです。

つぎの瞬間《しゅんかん》には、マニーはドレスを着《き》た姿《すがた》になっていました。

それは、ひざの下《した》までぴっちりとしたシルエットで、そこから足《あし》もとにむかってすそが広《ひろ》がるマーメイドドレスでした。色《いろ》はロマンチックなラベンダー色《いろ》です。ドレスを着《き》たマニーをみても、すこしもおかしくありません。

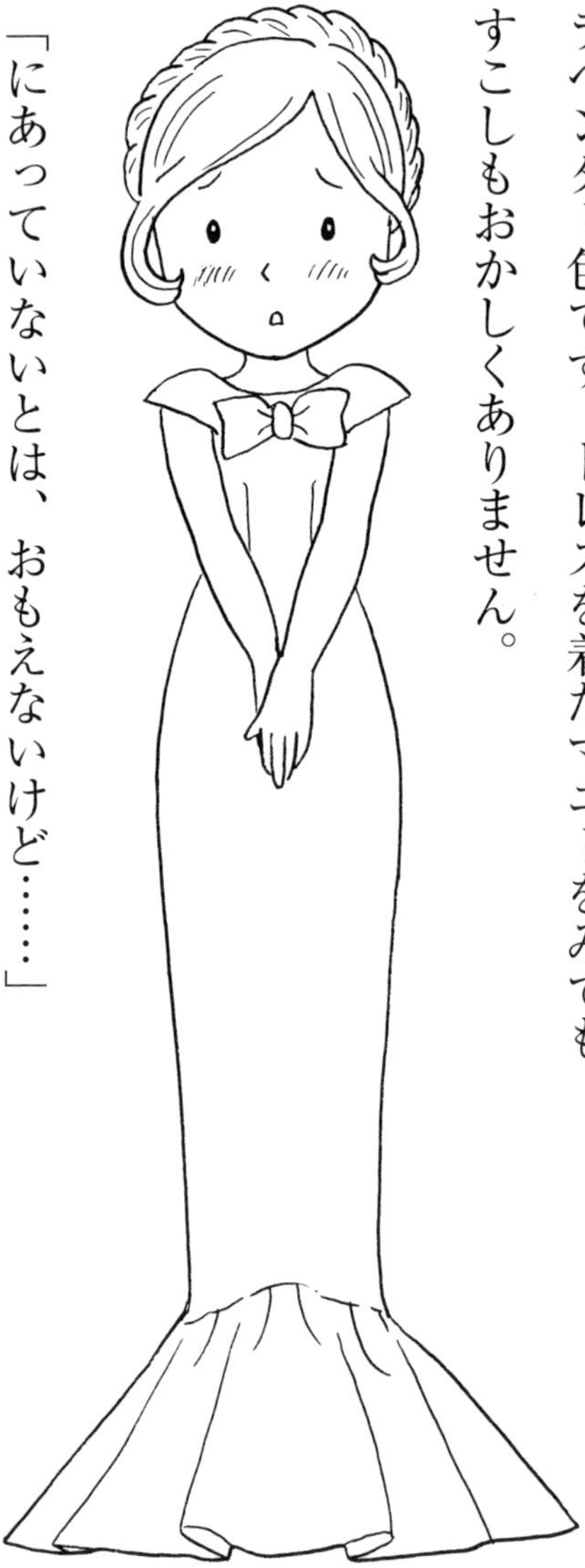

「にあっていないとは、おもえないけど……」

デーテがそういうと、みんなうなずきました。

もちろん、ハッとするほど、にあっているというわけではありません。

けれど、ふつうに着《き》こなしているようにみえたからです。

ところが……。

「じゃあ、マニー。ちょっとあるいてみせて」

と、つぎの瞬間《しゅんかん》。みんなはわらいをこらえるのに一生懸命《いっしょうけんめい》にならなければなりませんでした。マニーがペンギンのようによちよちとあるきだしたからです。いつもスラックスやレギンスを着《き》ているマニーは、

ドレスを着《き》てもおなじようにあるこうとしました。
でも、ひざの下《した》までスリムなシルエットの
マーメイドドレスでは、そうはいきません。
けっきょくマニーは、いまにも
ころびそうになりながら、よちよちと
ペンギンのようにあるくばかり。
女《おんな》らしいロマンチックな
ドレスが台無《だいな》しでした。
これではまるで、
男《おとこ》の子《こ》がふざけて
ママの

ドレスを
着《き》ているようです。
「ありがとう、マニー。
もうよくってよ」
シルクは、なんとかわらいを
こらえようと、咳《せき》ばらいをしました。
それから、ピンク水晶《すいしょう》の指《ゆび》ぬきをはめた
手《て》をもう一度《ど》ふって、マニーをもとの服装《ふくそう》に
もどしたのです。
ドレスをぬいだマニーはすこしホッとしたようすで、
みんなをみまわしました。

「ね、やっぱりにあわなかったでしょう？」
でも、マニーはあきらめきれないようすで、こうつづけます。
「ほんとうのことをいうと、このドレスを手《て》ばなしたくないの。わたしらしいボーイッシュなスタイルに直《なお》せないかしら？」

マニーの注文《ちゅうもん》に、シルクは小《ちい》さくうなずきます。

「できてよ、マニー。パンツスーツなんてどうかしら。コットンがドレスをおあずかりするわ」

ドレスをうけとったコットンは、やさしくマニーをみあげました。

「きっとよろこんでいただける形《かたち》にして、おもどしします。マニーどの。

それを着《き》てもう一度《ど》土曜日《どようび》のダンスパーティーにいってみてはいかがでしょう？」

すると、マニーはいっそうさびしそうな顔《かお》になり、むりをしてわらいました。

マニーがどんなにダンスを練習《れんしゅう》しても、パーティーでは、いままで一度《ど》もダンスにさそわれたことはなかったからです。

ダンスパーティーは、はなやかなドレスを着《き》た

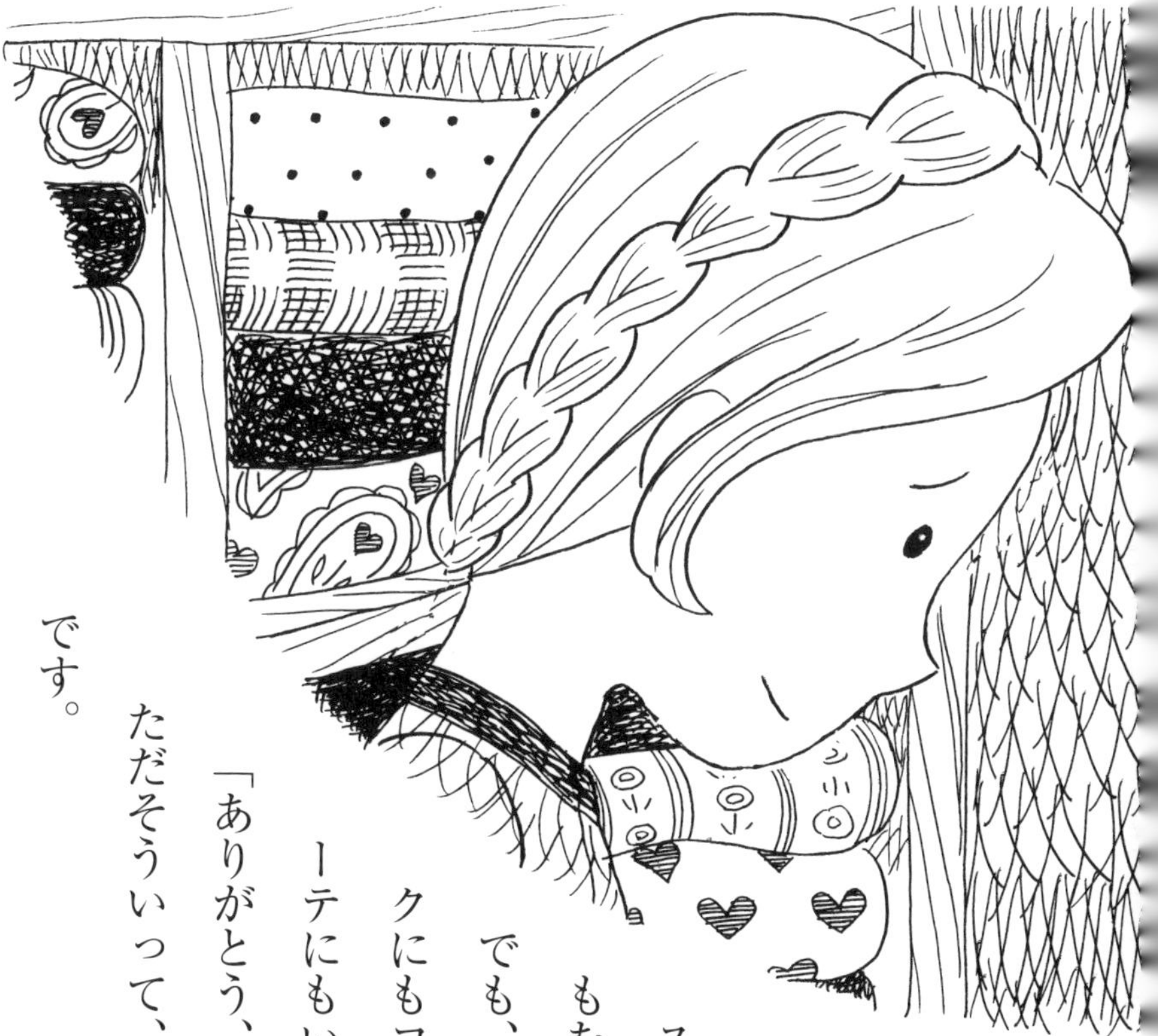

魔女《まじょ》でいっぱい。男《おとこ》の子《こ》のような格好《かっこう》をしているマニーを、だれもダンスにさそわなかったとしてもむりもありません。

でも、そのことをマニーはシルクにもコットンにも、ナナにもデーテにもいいだせませんでした。

「ありがとう、コットン。そうするわ」

ただそういって、マニーは帰《かえ》っていったのです。

4

マニーの注文《ちゅうもん》

マニーをみおくったシルクは、フィンガークッキーをほおばっているデーテをあきれた顔《かお》でながめました。

「マニーがあのドレスを着《き》ない理由《りゆう》を、デーテはけっきょく、あてられなかったわね。デーテの推理《すいり》はぜんぜんあてにならないわ。名探偵《めいたんてい》だなんて、きいてあきれてよ」

シルクがそういうと、デーテは、こういいかえします。

「あら、シルクだって、それでりっ

ぱなお直《なお》し屋《や》さんだといえるかしら？」

「なんですって？　デーテ」

シルクが目《め》をつりあげると、デーテも口《くち》をとがらせました。

「だって、シルクはマニーのなにを知《し》っているっていうの？　きょうあったばかりなのに。マニーの注文《ちゅうもん》は『わたしらしい服《ふく》』よ。なにも知《し》らないままで、シルクはほんとうにマニーがよろこぶリフォームができるの？」

そういわれたシルクは、なにもいいかえせませんでした。となりできいていたナナも、なるほどとおもいます。

（デーテのいうとおりかもしれないわ。マニーはボーイッシュな魅力《みりょく》がいっぱいな魔女《まじょ》。でも、それ以外《いがい》はマニーのことはなにも知《し》らないんで

すもの）

ナナは、マニーがなに色《いろ》が好《す》きなのかさえ知《し》らないことに気《き》がつきました。

シルクとデーテはだまったままにらみあっています。すると、コットンがティーポットをかかえてふたりのあいだに割《わ》ってはいりました。

「熱《あつ》いお茶《ちゃ》はいかがでございますか？　デーテさま。シルクさまも。

さめたお茶《ちゃ》では、いい
かんがえも、うかばない
ものでございます」
そして紅茶《こうちゃ》をそそぐと、
コットンはこう提案《ていあん》したのです。
「こうしてはいかがでございましょう、
シルクさま。デザインをはじめる前《まえ》に、
デーテさまにマニーどののことを
探偵《たんてい》してもらうのです。そうすれば、
マニーどのがどんな魔女《まじょ》なのか
わかることでございましょう」

すると、デーテはとくいそうにうなずきました。

「よくってよ。この名探偵《めいたんてい》デーテにまかせてちょうだい」

それをきいてしぶい顔《かお》をするシルクに、ナナもこういいました。

「これはいいかんがえよ、シルク！　そうすればきっと『マニーらしい』ドレスがつくれるわ」

「そうかしら、ナナ」

まだそっぽをむくシルクに、ナナはこうつづけます。

「デーテは、以前《いぜん》にもドレスのリフォームのために探偵《たんてい》をしてくれて、とても役《やく》に立《た》ってくれたじゃない、シルク」

それは、自分《じぶん》のいいところに気《き》づけなかった魔女《まじょ》のためにリフォームしたときのことでした。デーテはその魔女《まじょ》をじっくり探偵《たんてい》して「だれに対《たい》してもあたたかなおもいやりをもっている」ことをみつけてくれたのです。そしてその「いいところ」を、シルクがすてきなドレスにしました。胸《むね》にかがやくハートをぬいこんだドレスは、だれよりもその魔女《まじょ》にピッタリで、みんなを感動《かんどう》させたのです。

「だから、こんどもきっとすばらしいリフォームになるわ。ねえ、コットン」

「そうですとも、ナナさま。さっそく、デーテさまにとりかかっていただきましょう、シルクさま」

とうとうシルクがうなずくと、デーテはとくいげに胸《むね》をそりかえしました。

5

デーテの探偵調査《たんていちょうさ》

　つぎの日《ひ》の朝《あさ》から、デーテはマニーの探偵調査《たんていちょうさ》をはじめました。

　こっそりマニーのあとをつけ、マニーのしたこと、食《た》べたもの、買《か》ったもの、なんでもかんでもこまかくメモにかいていくのです。

「名探偵《めいたんてい》デーテには、なにもかくしごとはできなくてよ、マニー」

　デーテは仕事《しごと》にとりかかる前《まえ》に、まずそうひとりごとをいいました。

「はじめに、仕事場《しごとば》をしらべること

にするわ。マニーはどんな仕事《しごと》をしているのかしら」

マニーがはたらいているのは、小《ちい》さな街《まち》のほうき屋《や》さんでした。新品《しんぴん》のほうきがならぶ店《みせ》の奥《おく》の修理《しゅうり》工房《こうぼう》で、魔法《まほう》のほうきの修理《しゅうり》をするのが、マニーの仕事《しごと》です。工房《こうぼう》のなかには、ほうきをうかせておく丸《まる》い台《だい》があって、そのまわりには、修理《しゅうり》道具《どうぐ》や材料《ざいりょう》がずらりとならんでいます。調《ちょう》子《し》の悪《わる》くなったほうきにさす魔法《まほう》のオイルも、なん十種類《しゅるい》もおいてありました。もしナナがこの工房《こうぼう》をみたら、バイクの修理屋《しゅうりや》さんみたい、といったかもしれません。

マニーはそこで、古《ふる》くなったほうきにあたらしいナビゲーションをつけたり、調子《ちょうし》の悪《わる》くなったほうきを直《なお》したりするのです。

マニーは、ほうきの修理屋《しゅうりや》さん。オイルや魔法《まほう》のすすで服《ふく》がよごれる仕事《しごと》なので、いつも作業用《さぎょうよう》のつなぎをきている。

そんなデーテの工房《こうぼう》をこっそりのぞきこんでいると、すごいいきおいでおきゃくさんが飛《と》びこんできました。

「マニー、急《きゅう》にほうきの調子《ちょうし》が悪《わる》くなっちゃったの。ぜんぜんスピードがでないのよ。とっても急《いそ》いでいるんだけど、すぐに直《なお》せるかしら?」

書類《しょるい》をかかえたOL《オーエル》魔女《まじょ》は、いてもたってもいられないようすです。

そんな魔女《まじょ》のほうきを、マニーは一目《ひとめ》みただけで、こういいました。

「あらあら。ほかのほうきにかけてあった魔法《まほう》を、どこかでうつされたのね。これは子《こ》どものほうきむけの魔法《まほう》だわ。スピードがでないようにする安全《あんぜん》補助《ほじょ》魔法《まほう》ね。これなら、すぐに魔法《まほう》解除《かいじょ》できるからだいじょうぶ。こうすれば、ほら！　もう元《もと》どおりよ」

マニーはほうき修理《しゅうり》の道具《どうぐ》を使《つか》って、あっというまにO《オー》L《エル》魔女《まじょ》のほうきを直《なお》してあげました。仕上《しあ》げに、急《きゅう》カーブでもゆれないようにするオイルを一滴《いってき》。

「ああ！　ありがとう、マニー。いつもたすかるわ！　いってきます」

「いってらっしゃい。気《き》をつけて」

その仕事《しごと》ぶりをみていたデーテは、メモにこうかきました。

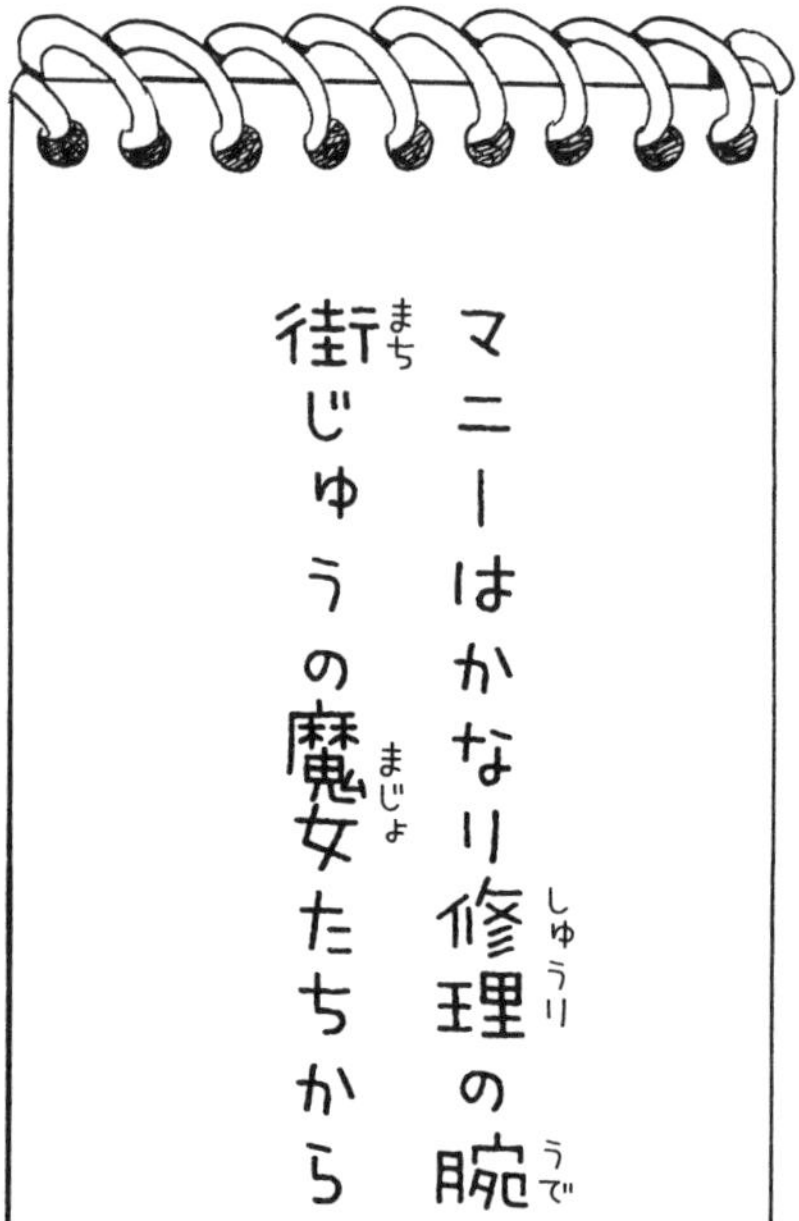
マニーはかなり修理《しゅうり》の腕《うで》がいい。
街《まち》じゅうの魔女《まじょ》たちからたよりにされている。

マニーには、ほうきの修理《しゅうり》のほかに、もうひとつ仕事《しごと》があるようでした。デーテはそれを、ほうき屋《や》さんの表《おもて》においてある看板《かんばん》で知《し》ります。

マニーの
ほうきのりレッスン
だれでも　じょうずに
のれるようになります。

レッスンの時間《じかん》がくると、ふたりの小《ちい》さな魔女《まじょ》がやってきました。マニーは、まだじょうずに、ほうきにのれない魔女《まじょ》たちに、ほうきののり方《かた》をおしえてあげていたのです。

「わたし、宙返《ちゅうがえ》りがしたいの。できるかしら？」

「わたしは、ほうきのりはにがて。ほんとはのりたくないんだけど……」

そんな魔女《まじょ》たちに、
マニーはやさしく
ほほえみました。

「だいじょうぶよ」
マニーはほうきを自由自在《じゆうじざい》にあやつって、宙返《ちゅうがえ》りをしたり、
さかさのりをしたりして、小《ちい》さな魔女《まじょ》たちをたのしませながら、レッス

ンをしていきました。

それをみて、デーテはすっかり感心《かんしん》します。ふたりの魔女《まじょ》がレッスンのあいだに、みるみるじょうずにのれるようになっていったからです。

「シルクもこのレッスンにかよったらいいのに。どうしてあんなに、ほうきのりがへたなのかしら」

そういいながら、デーテはこうメモしました。

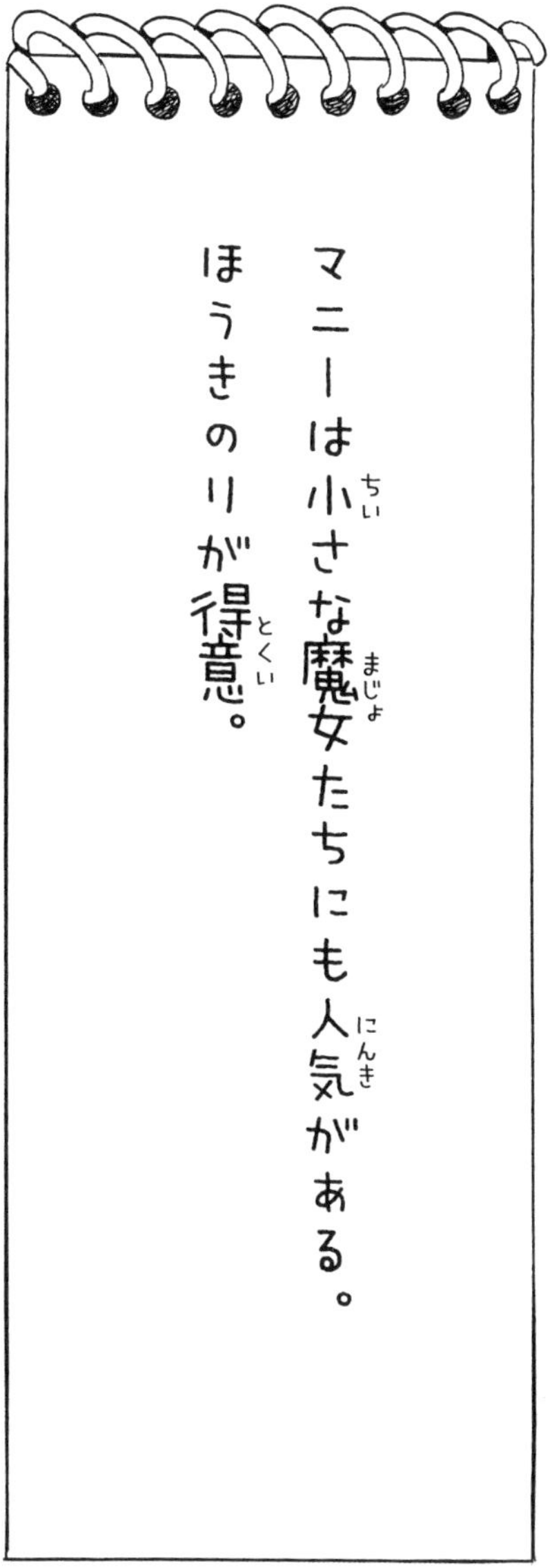

マニーが得意《とくい》なのは、ほうきのりだけではありませんでした。マニーはからだをうごかすのがとても得意《とくい》だったのです。直《なお》したほうきをおきゃくさまにとどけにいくのに、猫《ねこ》のように高《たか》い塀《へい》の上《うえ》をすいすいあるいたり、川《かわ》の飛《と》び石《いし》を飛《と》ぶようにわたったりするので、あとをつけるデーテもたいへんでした。

「なんておてんばなのかしら……。わたしはもうクタクタよ」

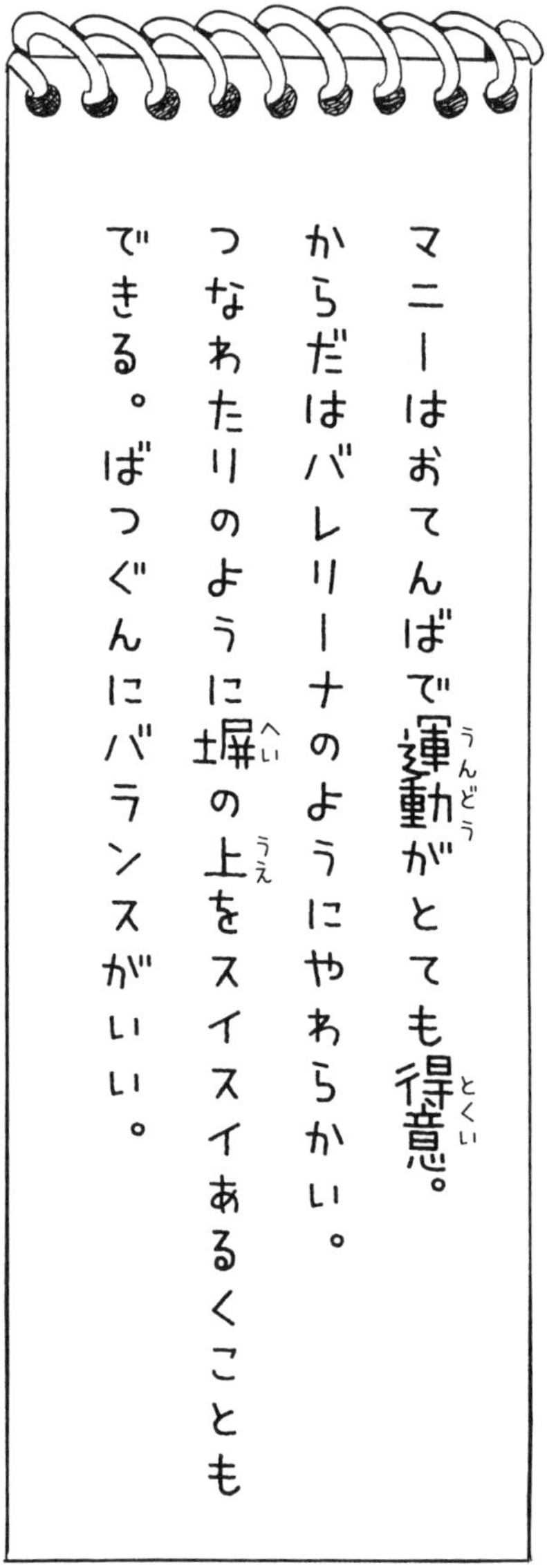
マニーはおてんばで運動《うんどう》がとても得意《とくい》。
からだはバレリーナのようにやわらかい。
つなわたりのように塀《へい》の上《うえ》をスイスイあるくことも
できる。ばつぐんにバランスがいい。

そうかきおえると、デーテはパタンとメモをとじました。
「とにかくマニーは男《おとこ》の子《こ》みたいに元気《げんき》いっぱい。もうこれ以上《いじょう》、マニーをおいかけられないわ」
そして、デーテは日《ひ》がくれるよりずっと前《まえ》に、シルクの店《みせ》にもどってきたのです。

6

リフォームのもくてきは？

リフォーム支店《してん》では、シルクとナナ、コットンがデーテの帰《かえ》りをまっていました。

「おかえりなさいませ、デーテさま」

コットンがドアをあけてむかえると、デーテはグッタリとつかれたようすでいすにすわりこみました。

「これが探偵《たんてい》メモよ、シルク」

シルクがメモをうけとると、ナナとコットンものぞきこみます。

このメモから「マニーらしさ」を探《さが》しださなくてはなりません。

メモをめくりながら、シルクがぶつぶつとつぶやきました。

「つなぎの作業服《さぎょうふく》……、ほうきのり……、おてんば……」

となりではコットンがうなずいています。

「なるほど。『マニーどのらしさ』とは、やはり男《おとこ》の子《こ》のような活発《かっぱつ》さなのでございますね。女《おんな》らしいドレスがおにあいにならないのも、むりもございません」

そのことばに、デーテも大《おお》きくうなずきました。

「そのとおりよ、コットン。

やっぱりマニーはロングドレスを着《き》るようなタイプの魔女《まじょ》じゃなかった……ってわけ。そんなのぜんぜん『マニーらしくない』のよ」

「そうね」

シルクもそういうと、ひらいてあったスケッチブックを手《て》にとりました。そしてまず、リフォームの「もくてき」をかくところに、こうかいたのです。

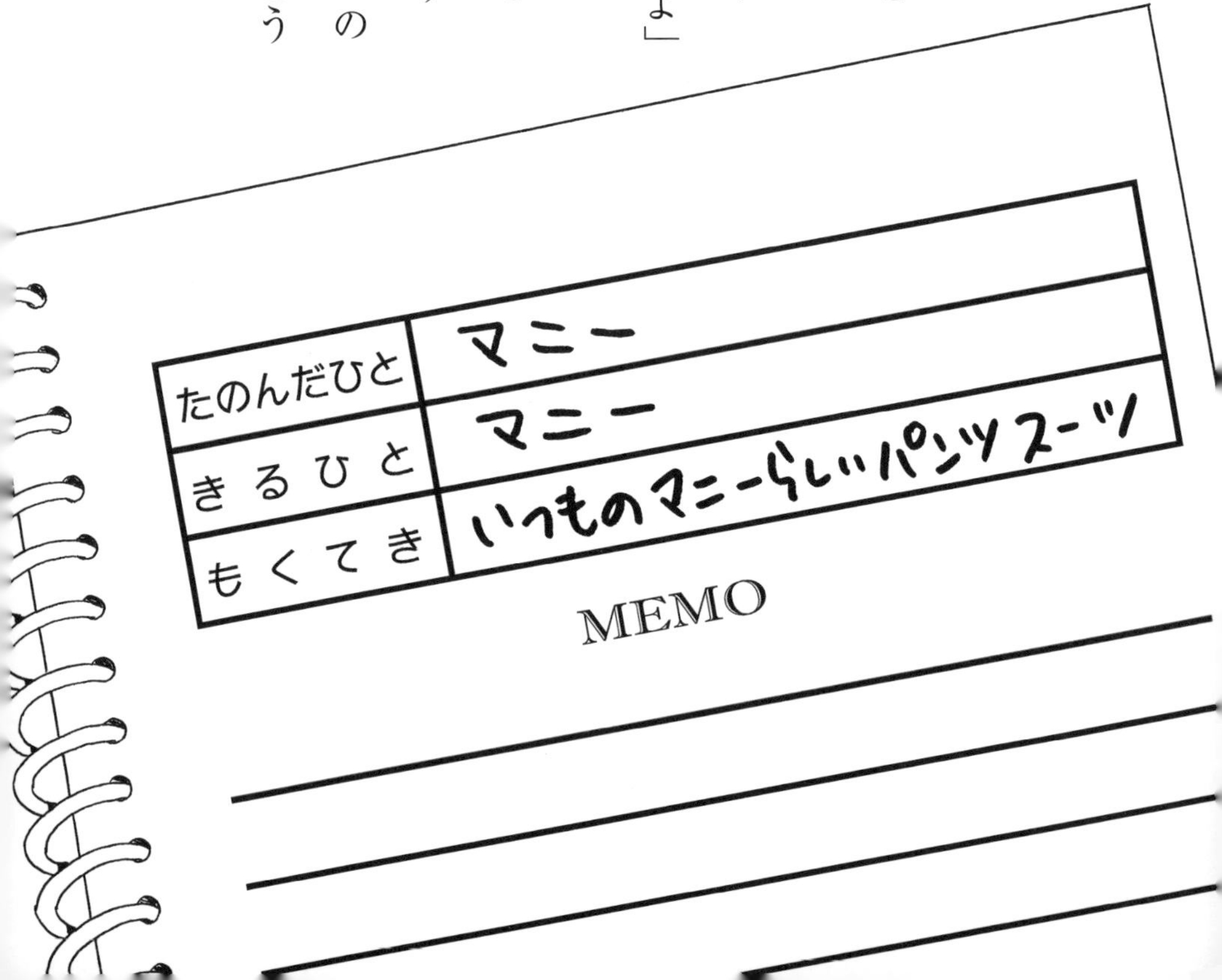
たのんだひと
マニー
きるひと
マニー
もくてき
いつものマニーらしいパンツスーツ
MEMO

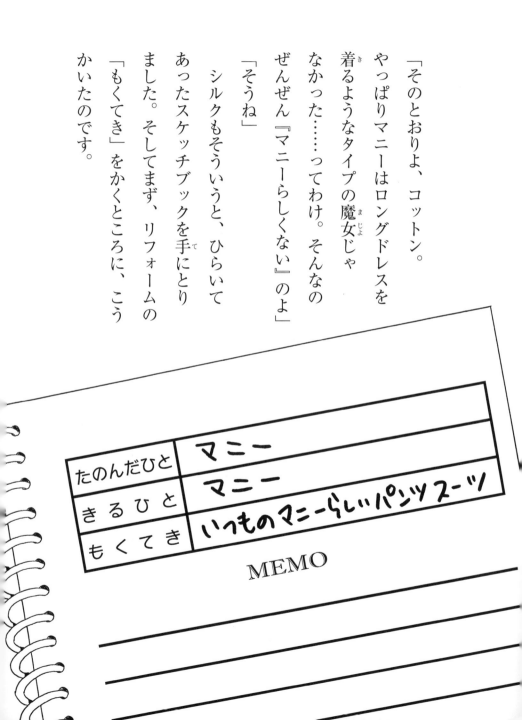

〈いつものマニーらしいパンツスーツ〉
そうかいたのをみとどけると、デーテは
ふうっと息《いき》をはきだしました。
「それでよくってよ、シルク。男《おとこ》の子《こ》
みたいなマニーらしい服《ふく》に
リフォームしてあげて。
わたしはちょっと休《やす》むから」
ところが、ずっと首《くび》をかしげていた
ナナが、こういいだしたのです。
「マニーはほんとうに『いつものマニーらしい
パンツスーツ』がほしいのかしら？

それなら、どうしてこのマーメイドドレスを
みたとたん、ほしいっておもったの？
このドレスは、ちっともマニーらしく
ないのに……」
　そして、自分《じぶん》の手《て》にはって
あるばんそうこうを
なでながら、こう
つづけたのです。
「シルクも
いっていたじゃない。
わたしがマラソンに

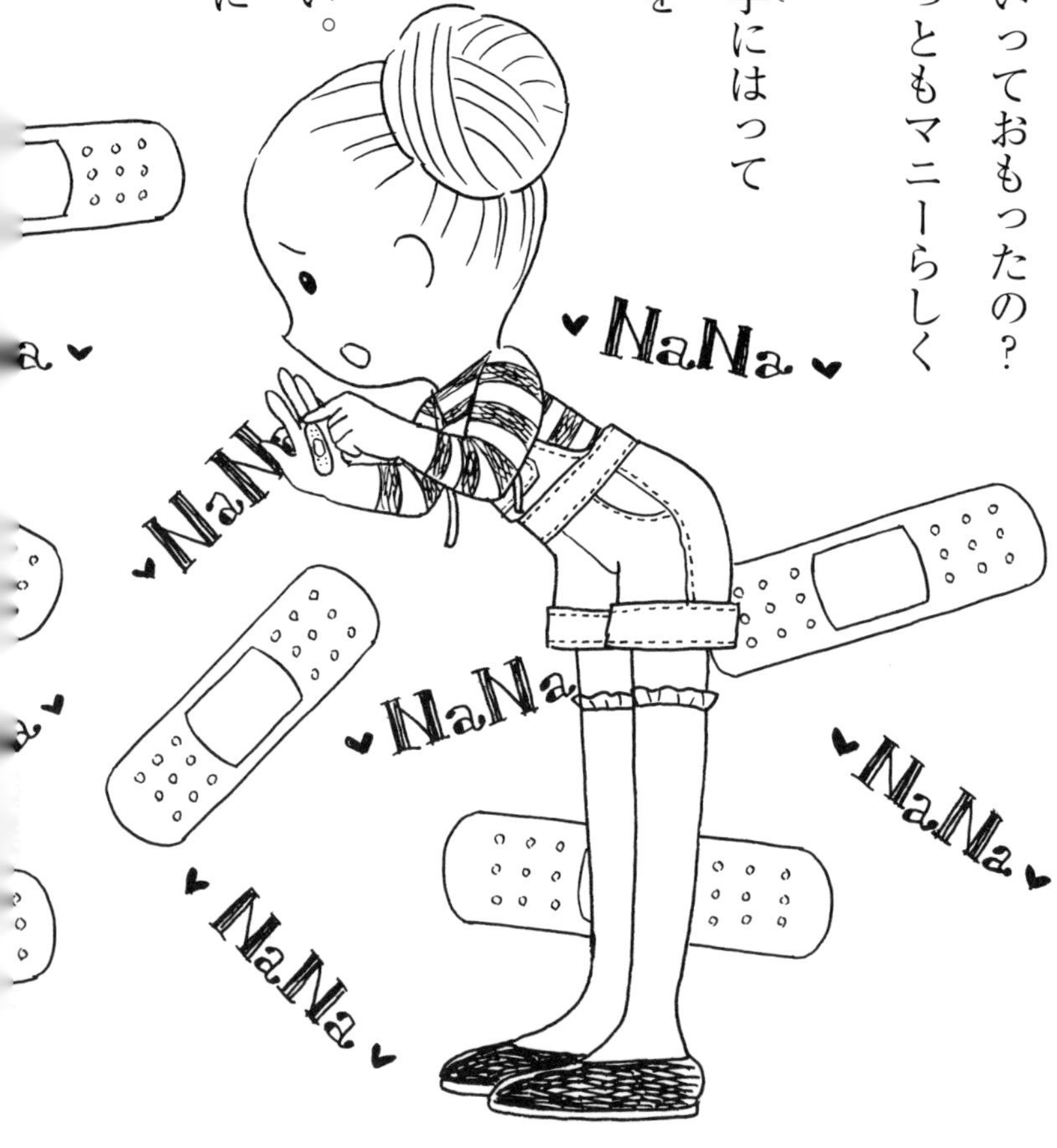

チャレンジして
失敗《しっぱい》したときに、
『わたしらしく
ないから』って
いう理由《りゆう》は、
あきらめる
いいわけにはならないって」
そうきくと、シルクとコットンは、
はっとしてナナをみつめました。
「そうでございました。ナナさま。
マニーどのにも、あきらめてほしくはございません！」

シルクもまじめな顔《かお》でうなずくと、キッパリといいました。

「もう一度《ど》マニーを探偵調査《たんていちょうさ》してきてちょうだい、デーテ」

「ええっ？　いまから？

おてんば魔女《まじょ》のマニーをおいかけるのはたいへんなのよ、シルク」

デーテはいすにすわったまま、しぶい顔《かお》をしました。

「それに、マニーにドレスは、にあわないわよ。ぜんぜんマニーらしくないもの」
するとシルクは、デーテの腕《うで》をひっぱって、いすから立《た》たせました。
「それよ、デーテ。こんどはマニーらしくないとおもうところを探《さが》すの。よくって？『あら、意外《いがい》だわ』とか、そういうところをみつけるのよ。さあデーテ、いっていって！　名探偵《めいたんてい》ぶりをみせてちょうだい」
しぶるデーテをコットンがドアまでつれていきました。

「デーテさま、もう夕方《ゆうがた》でございます。さすがのマニーどのも、もう家《いえ》に帰《かえ》るだけでございましょう。いろいろおいかけまわすこともございません。それに、家《いえ》のなかのようすをみれば、なにかわかるかもしれませんからね」

とうとうデーテは、ドアにたてかけたほうきをよびよせると舌打《したう》ちしました。

「まったくもう！　シルクは人使《ひとづか》いがあらいんだから……」

7

マニーらしくないマニー

デーテがもう一度《ど》マニーの街《まち》に到《とう》着《ちゃく》すると、夕日《ゆうひ》があたりをそめあげていました。マニーは工房《こうぼう》をしめて帰《かえ》りじたくをしています。

オイルやすすでよごれた作業用《さぎょうよう》のつなぎをぬぐと、その下《した》からきれいな足《あし》があらわれました。着《き》ている服《ふく》は、やっぱり男《おとこ》の子《こ》のようなショートパンツでしたが、すらりとのびた足《あし》はとても女《おんな》らしく、きれいなかたちをしていました。

「わたしもあんな足《あし》だったら、毎日《まいにち》ショートパンツか、ミニスカートをはくわね」

デーテはうっとりとして、メモをかきました。

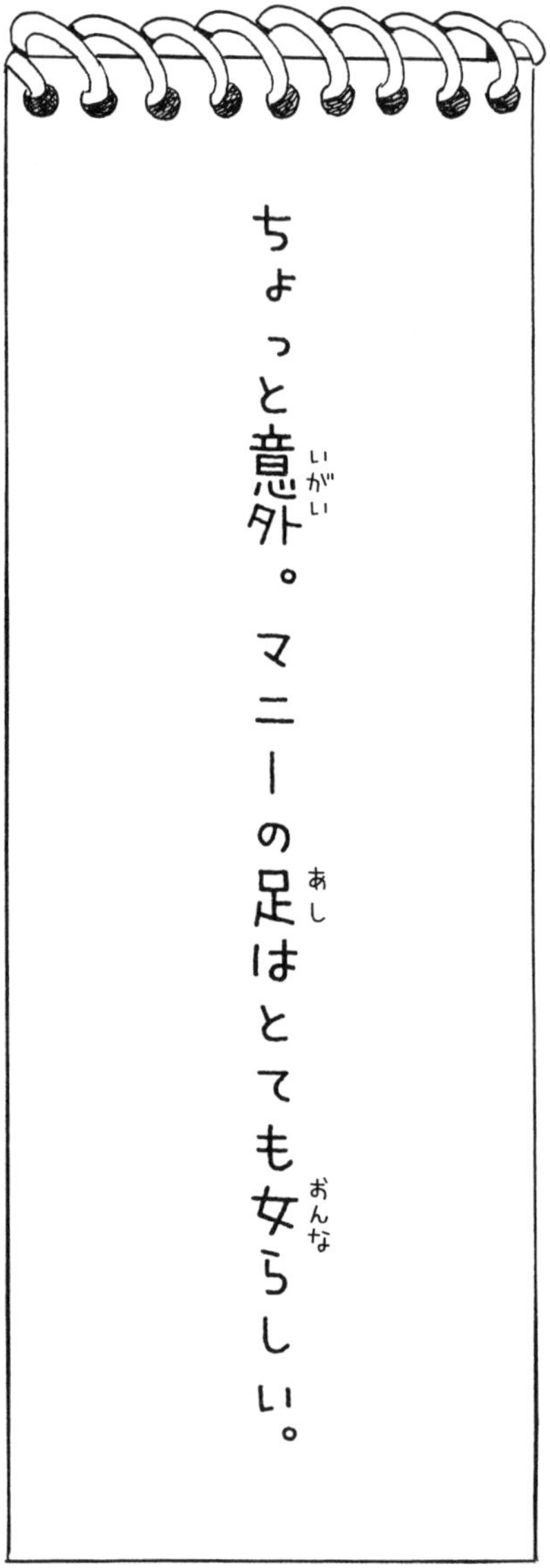

お店《みせ》をしめたマニーは、ほうきの柄《え》にバッグをひっかけました。そしてほうきにはのらずに、その横《よこ》をたのしげにスキップして家《いえ》にむかいは

じめたのです。
すごいスピードで
ほうきで飛《と》ぶだろうとおもっていた
デーテは、ホッとしました。
「これなら、おいかけて
いけるわね」
　そうしてマニーに
こっそりついていくと、
きれいな川《かわ》に
さしかかりました。

ピンク色《いろ》の夕焼《ゆうや》けがあたりをそめあげて、空《そら》も水面《すいめん》も、なにもかもピンク色《いろ》のセロハンでつつんだようです。

マニーはこの川《かわ》をわたるのにも、ほうきにのりませんでした。

川面《かわも》からでている飛《と》び石《いし》に足《あし》をおいて、ぴょんぴょんとわたっていきます。それは、そのとちゅうのことでした。マニーは川《かわ》のなかほどで、大《おお》きく飛《と》びあがって、バレリーナのように足《あし》をのばしてつぎの飛《と》び石《いし》に飛《と》びうつったのです。夕日《ゆうひ》にうかびあがったマニーのシルエットは息《いき》をのむほど美《うつく》しくて、女《おんな》らしいものでした。

「まあ……、びっくり……」

デーテはめがねをひきあげてから、メモをかきます。

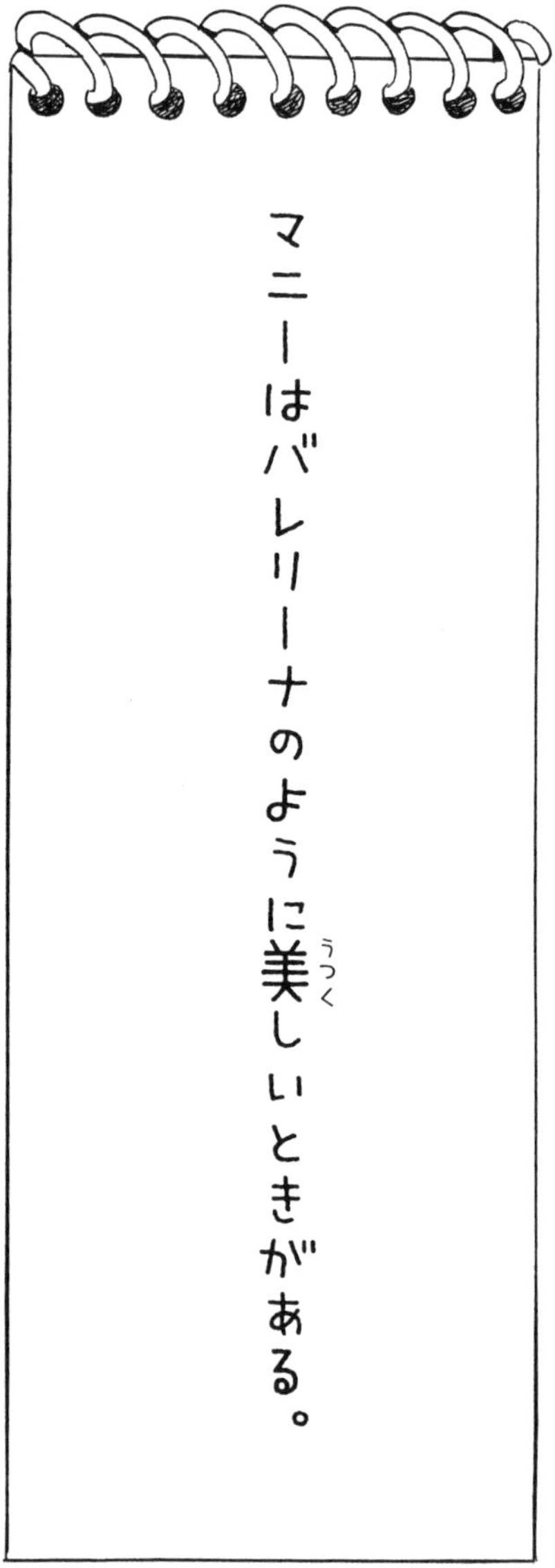

リフォーム支店《してん》をでるときには、あれほどしぶっていたデーテの瞳《ひとみ》がかがやきはじめました。みんなの知《し》らないもうひとりの「らしくないマニー」をみつけられるかもしれないと胸《むね》が高鳴《たかな》りはじめたのです。

「ふふっ、名探偵《めいたんてい》デーテにかかれば、なにも秘密《ひみつ》になんかできなくてよ！　マニー」

デーテはそうつぶやいて、家《いえ》に帰《かえ》るマニーのあとをおいかけました。

マニーの家《いえ》のなかは、とてもきれいにととのっていました。そうじがいきとどいているだけではありません。たなやテーブルにはレースがかかり、いろいろなところに花《はな》がかざってあります。とてもロマンチックで女《おんな》の子《こ》らしい家《いえ》のようすに、デーテはおどろきました。

「クッションやカーテンはラベンダー色《いろ》ね。そういえば、あのマーメイドドレスもロマンチックなラベンダー色《いろ》だったわ」

おてんばなマニーと、このロマンチックな家《いえ》はまったく正反対《せいはんたい》にみえましたが、そこにいるマニーは、とてもしあわせそうにみえました。

マニーはロマンチックな家《いえ》に住《す》んでいる。
それに、女《おんな》らしいラベンダー色《いろ》が大好《だいす》き。

さいごにデーテは、チェストの上《うえ》の一枚《まい》の写真《しゃしん》に目《め》をとめました。写《しゃ》真《しん》はこの一枚《まい》しかかざってありません。

「どうしてこの写真《しゃしん》をかざっているのかしら。いったいなにが写《うつ》っているの？　うーん、小《ちい》さくてよくみえないわ」

デーテはポケットから、小《ちい》さなコインのような水晶《すいしょう》をとりだしました。

これは探偵《たんてい》ならだれでももっている「遠目《とおめ》クリスタル」です。まん中《なか》に

穴《あな》があいていて、その穴《あな》からのぞくと、
遠《とお》くのものが大《おお》きくみえました。
オペラグラスのような
魔法《まほう》の道具《どうぐ》です。
「ダンスパーティーの
写真《しゃしん》だわ。マニーの
魔女友《まじょとも》だちと……、
それから男《おとこ》の人《ひと》たちも
なん人《にん》か写《うつ》っているわ。
……あたりまえよね、女《おんな》ばかりじゃダンスはできないもの」
はなやかなドレスを着《き》た魔女《まじょ》たちのなかで、マニーはジーンズをはい

てました。でも、いつものマニーとはすこしちがっています。写真《しゃしん》のなかのマニーが、ほおをそめてひとりの男性《だんせい》をみつめているのを、デーテはみのがしませんでした。

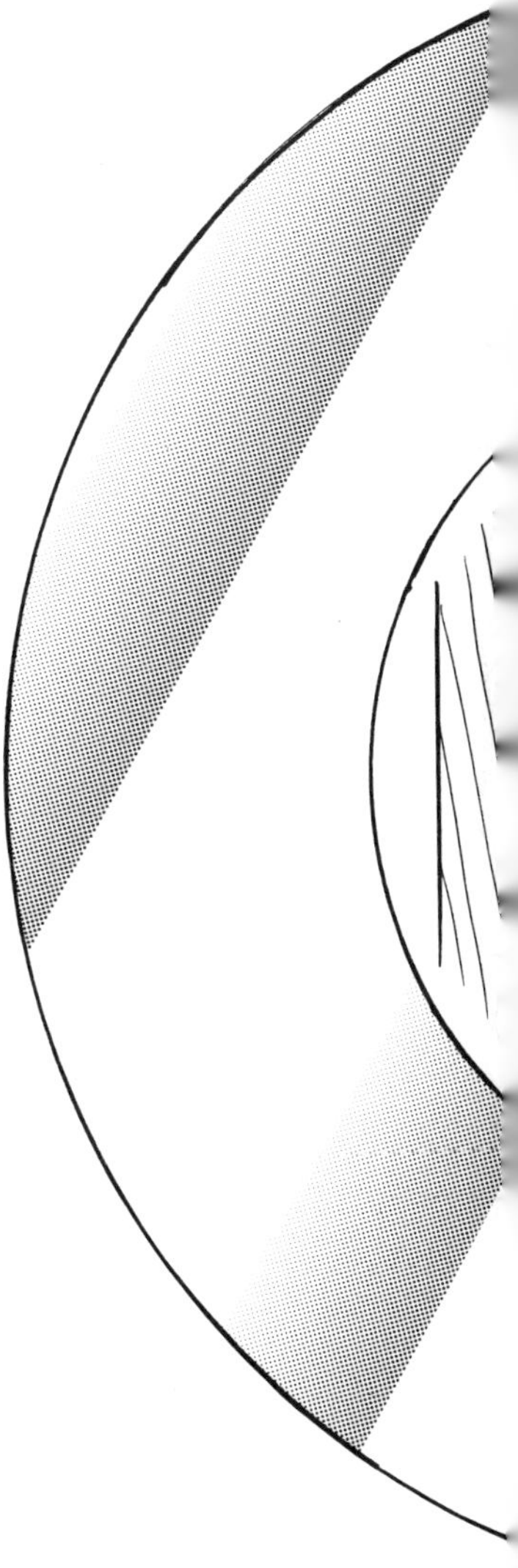

「なるほど……、そういうことだったのね」
デーテは遠目《とおめ》クリスタルをポケットにしまうと、メモ帳《ちょう》をとりだして、こうかきました。

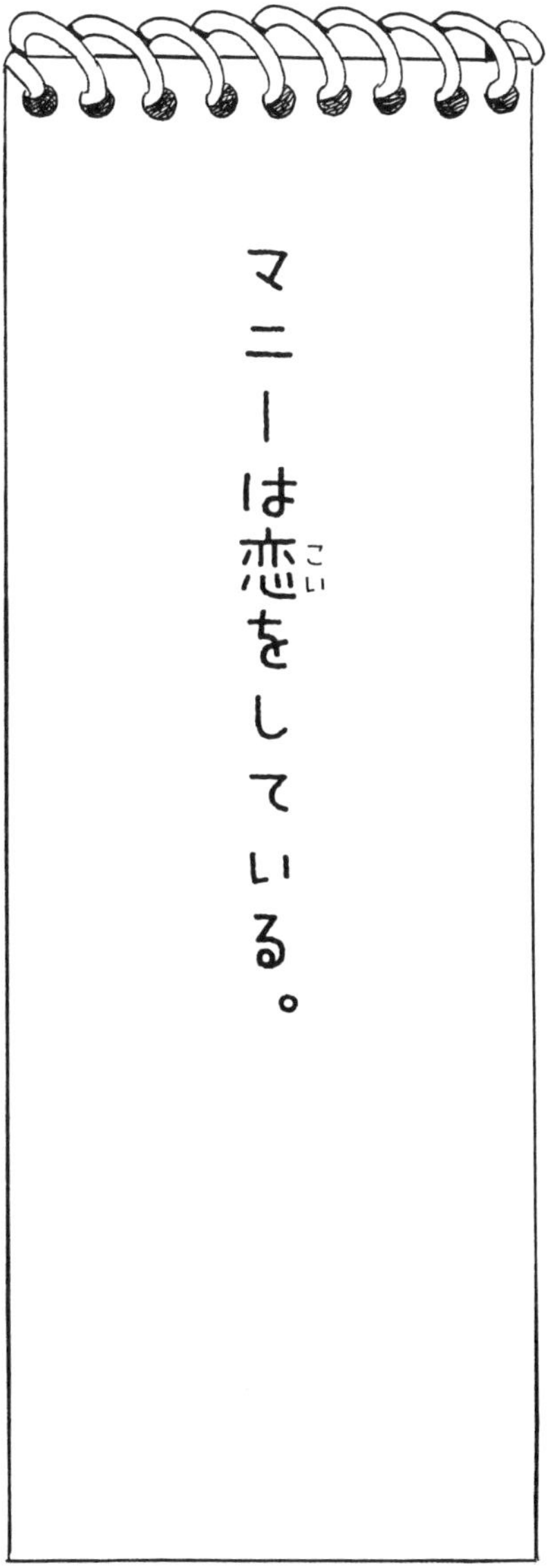

「マニーは自分《じぶん》のドレス姿《すがた》を彼《かれ》にみせたかったのね。ダンスにさそってほしかったんだわ。これで、マニーがドレスを買《か》った理由《りゆう》はわかったけど、あのペンギンみたいなドレス姿《すがた》じゃあ、彼《かれ》からダンスをもうしこまれないのもむりもないわね。かといって、ダンスパーティーでジーンズをはいてたら、もっとさそわれないだろうし……」

デーテがなやんでいると、部屋《へや》のなかからマニーが鼻歌《はなうた》を歌《うた》うのがきこえてきました。すっかりリラックスしているようです。

「いったい、なにをしているのかしら?」

デーテは、もう一度《ど》マニーの部屋《へや》をのぞきこみました。すると、そこにいたマニーをみて、目《め》を丸《まる》くしたのです。

マニーはみつあみにしてまきつけていた髪《かみ》を

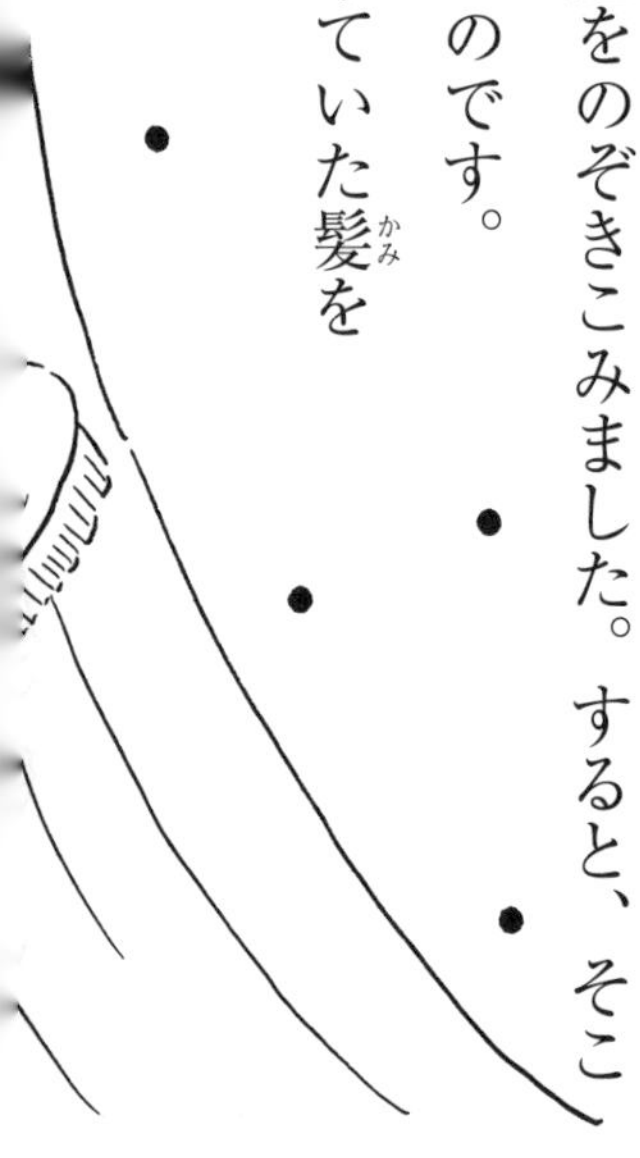

ほどいて、
ブラッシング
していました。
それは、長《なが》くて
つやつやな金色《きんいろ》の髪《かみ》でした。
「なんてきれいな髪《かみ》かしら……。
あんなきれいな髪《かみ》を毎日《まいにち》アップに
しているなんて、もったいないわ」
しばらくそのようすにみとれていた
デーテは、さいごのメモをかきこむと、にっこりとわらいました。
そして、もう一度《ど》リフォーム支店《してん》へもどっていったのです。

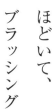

8

ドレスのデザイン

つぎの日《ひ》。

ナナがリフォーム支店《してん》へいくと、デーテとシルクがまちかまえていました。

さきにはなしはじめたのはもちろんデーテです。

「ついにみつけたのよ、ナナ。すてきな『らしくないマニー』をね！　名探偵《めいたんてい》デーテにかかれば、ざっとこんなもの……ってわけ！」

「らしくないマニー？」

「はい、ナナさま。デーテさまの調査《ちょうさ》によりますと、マニーどのは男《おとこ》の子《こ》のようにおてんばで活動的《かつどうてき》な魔女《まじょ》どのですが、最近《さいきん》は、少々《しょうしょう》べつの面《めん》ももちたいとおのぞみでございました。そう……、すこし女《おんな》らしくかわりたいとおかんがえになっているようでございます。なぜなら……」

コットンがそこまでいうと、またデーテが割《わ》りこんで、キッパリとつづけました。

「マニーは恋《こい》をしてるのよ、ナナ！」

「まあ！　すてき！」

ナナの目《め》はかがやきました。

「それなら、マニーがかわれるように応援《おうえん》しなくちゃ。シルクならできるわ。リフォームできっとマニーをしあわせにしてあげられる」

そういって、ナナは胸《むね》の前《まえ》でうっとりと手《て》をくみました。でもすぐに、はっとなにかをおもいだして顔《かお》をくもらせます。

二日前《ふつかまえ》にみたマニーのペンギンのようなドレス姿《すがた》をおもいだしたのです。そのとたん、すこし自信《じしん》がなくなって、心配《しんぱい》そうな顔《かお》をシルクにむけました。

「……でも、マニーににあうドレスって、あるかしら、シルク」

ところが、シルクはすこしもこまっているようにはみえません。

「だいじょうぶよ、ナナ。デーテがたくさん『マニーらしくない』こと

をみつけてきてくれたんですもの。それも、みんなすてきなことばかりよ。きっと『マニーらしくない』、それでいて『マニーにすごくよくにあう』ドレスがつくれるわ」

「それはなんとも、不思議《ふしぎ》なドレスでございますね」

と、コットンもわらっています。

シルクはスケッチブックをひらきました。そこには、きのうかいた「いつものマニーらしいドレス」という文字《もじ》がはっきりとよめます。

すると、シルクはその
字《じ》の上《うえ》に線《せん》をひきました。
そして、その横《よこ》にこう
かき直《なお》したのです。
「あたらしい自分《じぶん》にあえる
ドレス」
　それをよんだナナがもう一度《ど》
目《め》をかがやかせます。
「あたらしい自分《じぶん》……、なんだか
ワクワクしちゃう」
　スケッチブックにむかって、デザインを

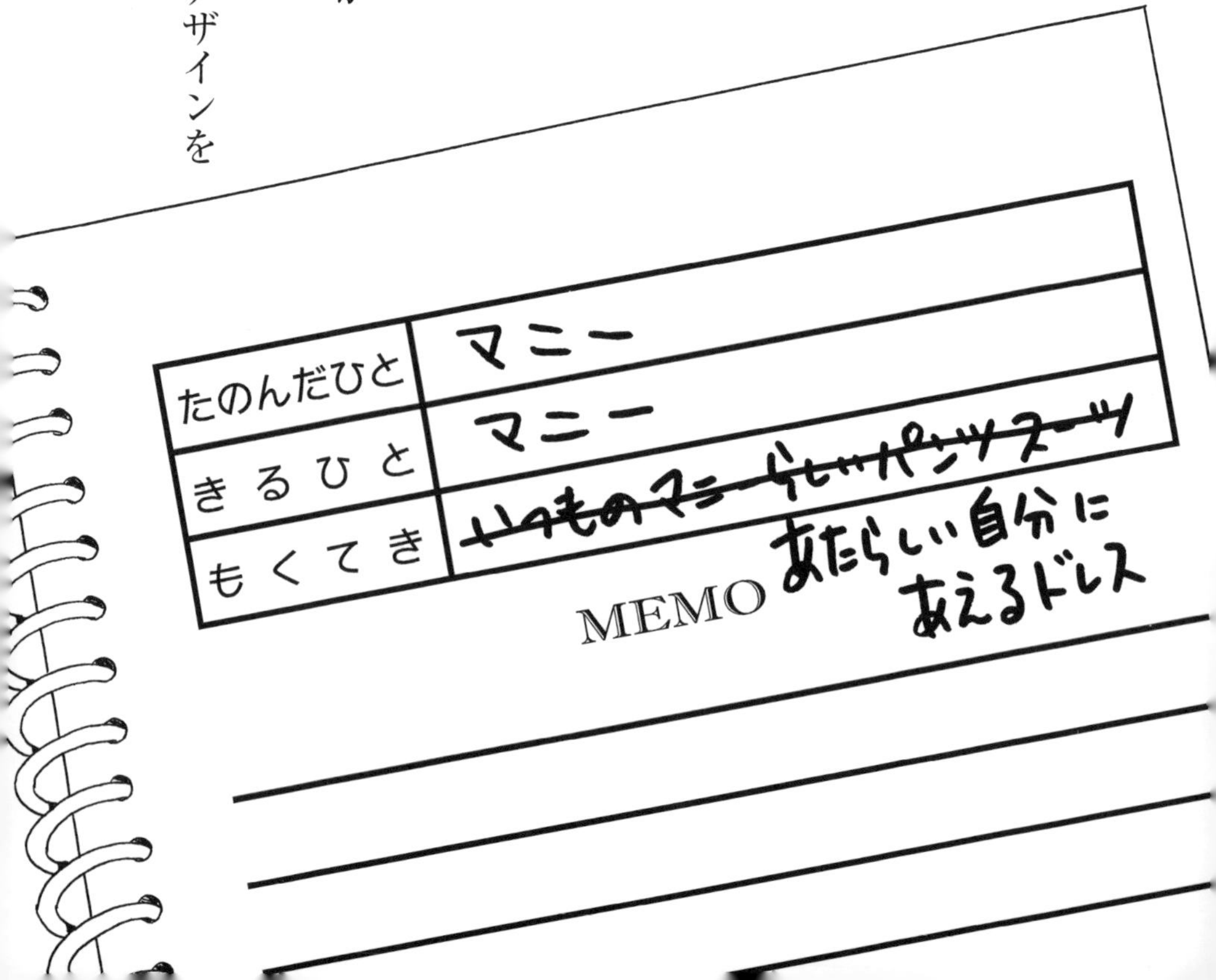

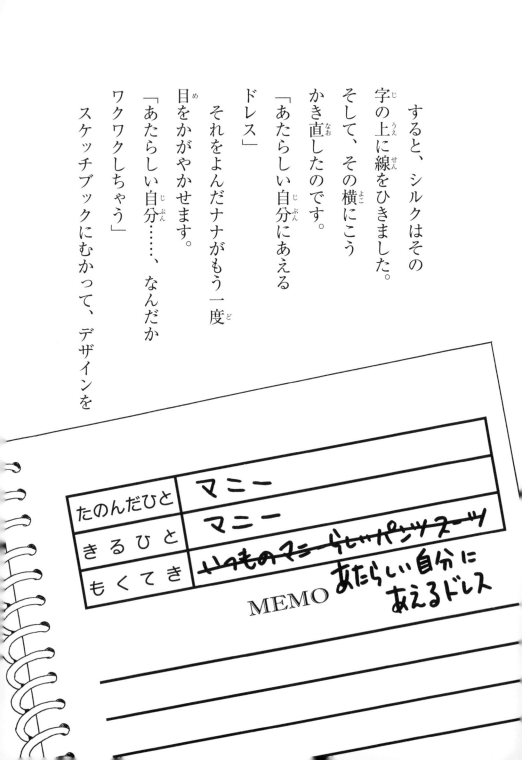

かんがえはじめたシルクの横《よこ》で、コットンがデーテのメモをめくっていきました。

「デーテさまの調査《ちょうさ》によりますと……。マニーどののすてきな『らしくないところ』は、まず『きれいな足《あし》』。それから、『バレリーナみたいにやわらかいからだ』、それに『美《うつく》しい長《なが》い髪《かみ》』でございます」

するとナナがこういいました。

「髪《かみ》はアップにするより、ゆれるようにした方《ほう》がいいんじゃないかしら。ダンスでからだをうごかすたびに、ゆれたらすてきだわ」

「そうね、ナナ。髪《かみ》はポニーテールにするのがいいわね。ドレスのデザインは……」

と、シルクはじっとかんがえてから、こういいました。

「マニーはからだをうごかすのが好《す》き
だから、大《おお》きくうごけるドレスの
方《ほう》がいいわね。だからマーメイドス
タイルはにあわない」
するとデーテが身《み》をのりだします。
「それなら、いっそミニドレスにしたら？
うごきやすくなるし、マニーの足《あし》はきれい
なんですもの。みせびらかさなくちゃ」
するとナナが首《くび》をかしげました。
「足《あし》はみせびらかしたいけど、マニーは
ロングドレスにあこがれていたんじゃ

ないかしら。

このマーメイドドレスみたいな長《なが》いドレスよ。だれだって、一度《ど》は着《き》てみたいでしょ？」

シルクはだれの意見《いけん》にも大《おお》きくうなずくと、しばらく目《め》をつぶってかんがえていました。それから、すっとまぶたをひらくと、えんぴつをはしらせはじめたのです。
そして、みんなの目《め》の前《まえ》で一枚《まい》のデザイン画《が》をかきあげました。

たのんだひと	マニー
きるひと	マニー
もくてき	~~いつものマニーらしいパンツスーツ~~

MEMO　あたらしい自分にあえるドレス

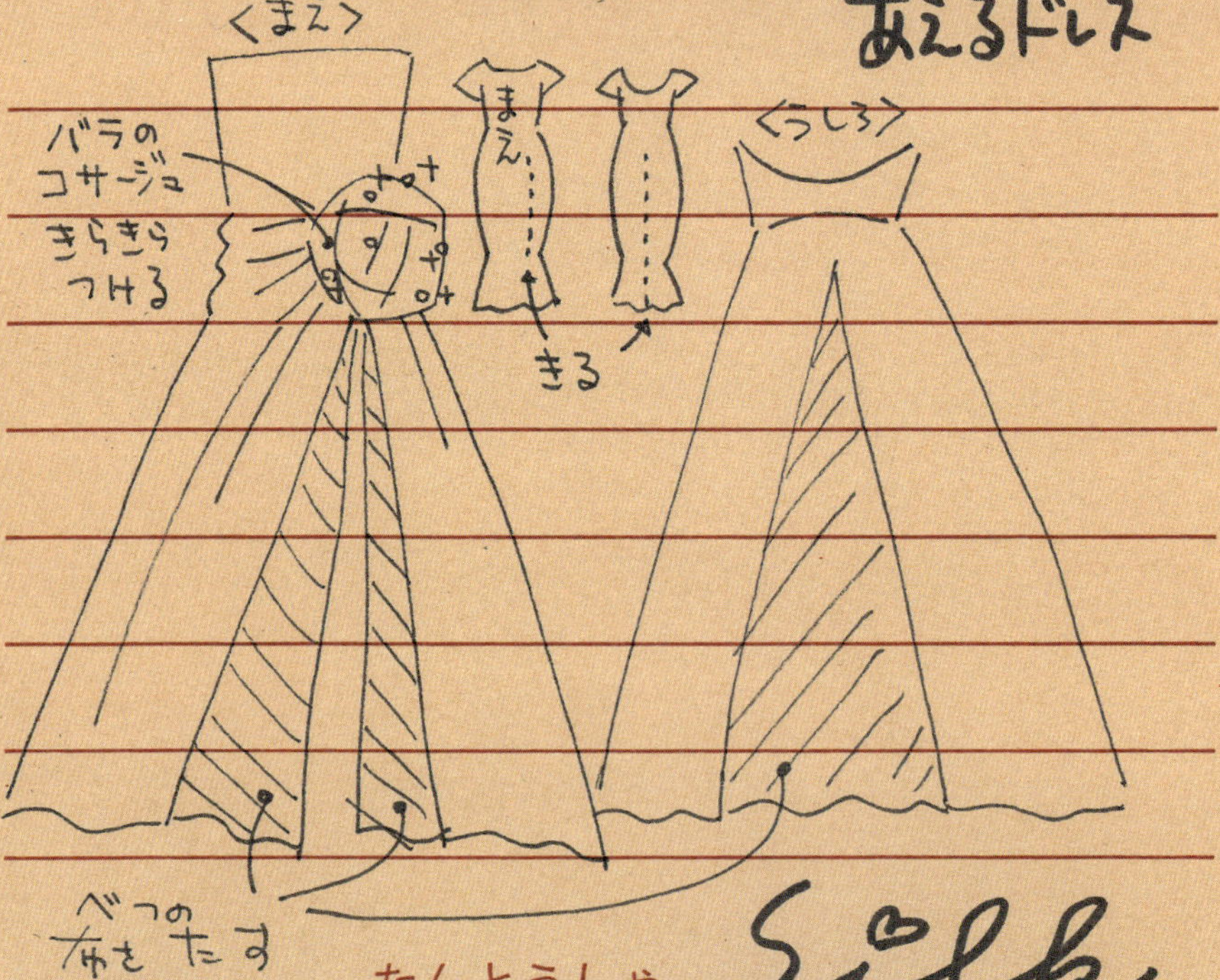

たんとうしゃ　Silk

みほん

No.

FROM 2003
なんでも魔女商会

「まあ……、なんてすてきなの」

そのデザインに、ナナもデーテもコットンも、うっとりとしました。

それは、ふかいスリットのはいったロングドレス。

スカートに布《ぬの》をたして、ふわりとまいおどるようにしてあります。

そして、リボンのかわりに銀色《ぎんいろ》の大《おお》きなバラがついていました。

デーテは大《おお》きくうなずきました。

「これなら、ロングでも、うごきやすいわ。足《あし》もきれいにみえるし」

「長《なが》い髪《かみ》のポニーテールも、すてきでございます」

「ねえ、ダンスさせてみて、シルク」

ナナのことばに、みんなが目《め》をかがやかせます。

シルクは黒猫《くろねこ》の指《ゆび》ぬきをはめると、スケッチブックをトントンッとたたきました。すると、マニーの姿《すがた》がスケッチブックからふわっと立《た》ちあがり、優雅《ゆうが》にワルツをおどりはじめたのです。

それは、まだマニー自身《じしん》も知《し》らない「あたらしいマニー」でした。

「ついにみつけたわ。『らしくないマニー』。このマニーも、すてきなマニーじゃなくって？　ナナ」

シルクがそういうと、ナナはうれしそうにうなずきました。

「これなら、みんながマニーに夢中《むちゅう》になるわ」

デーテも、まんぞくそうにそういうと、コットンがポンと手《て》をたたきます。

「さあ、いよいよリフォームのはじまりでございますね。みなさま。その前《まえ》においしいお茶《ちゃ》を用意《ようい》しなくては」

「わたしはトルソーをよびだすわ」

シルクは黒猫《くろねこ》の指《ゆび》ぬきをはめた指《ゆび》で、クローゼットをトントンとたたいて、こうさけびました。

「マニー！」

クローゼットをあけると、そこにはマニーとおなじサイズのトルソーが立《た》っています。

トルソーに
マニーのドレスを
着《き》せつけおわるころには、
キッチンから気《き》もちの
いい音《おと》がきこえてきました。
お湯《ゆ》のわいたヤカンのふたが
たてるカタカタという音《おと》や、
カップがお皿《さら》にあたるカチャカチャと
いう音《おと》。どれもティータイムを知《し》らせる
しあわせな合《あい》図《ず》です。

やがてキッチンのドアがひらくと、お茶《ちゃ》の香《かお》りが店《みせ》じゅうにひろがりました。

「ラベンダーの花《はな》のかおりだわ」

ナナがそういうと、コットンはにっこりとお茶《ちゃ》をそそぎました。

「ラベンダーの花《はな》のはいったアールグレーでございます。ナナさま。このドレスの色《いろ》の香《かお》りでございますよ」

紅茶《こうちゃ》の香《かお》りがラベンダー色《いろ》のドレスをやさしくつつみこみます。

「三日後《みっかご》までには、あたらしいドレスにうまれかわるのね」

ナナがそういうと、デーテがうなずきました。

「そのときには、マニーもあたらしい自分《じぶん》をみつけるはずよ」

そのことばにシルクとコットンも、にっこりとわらいました。

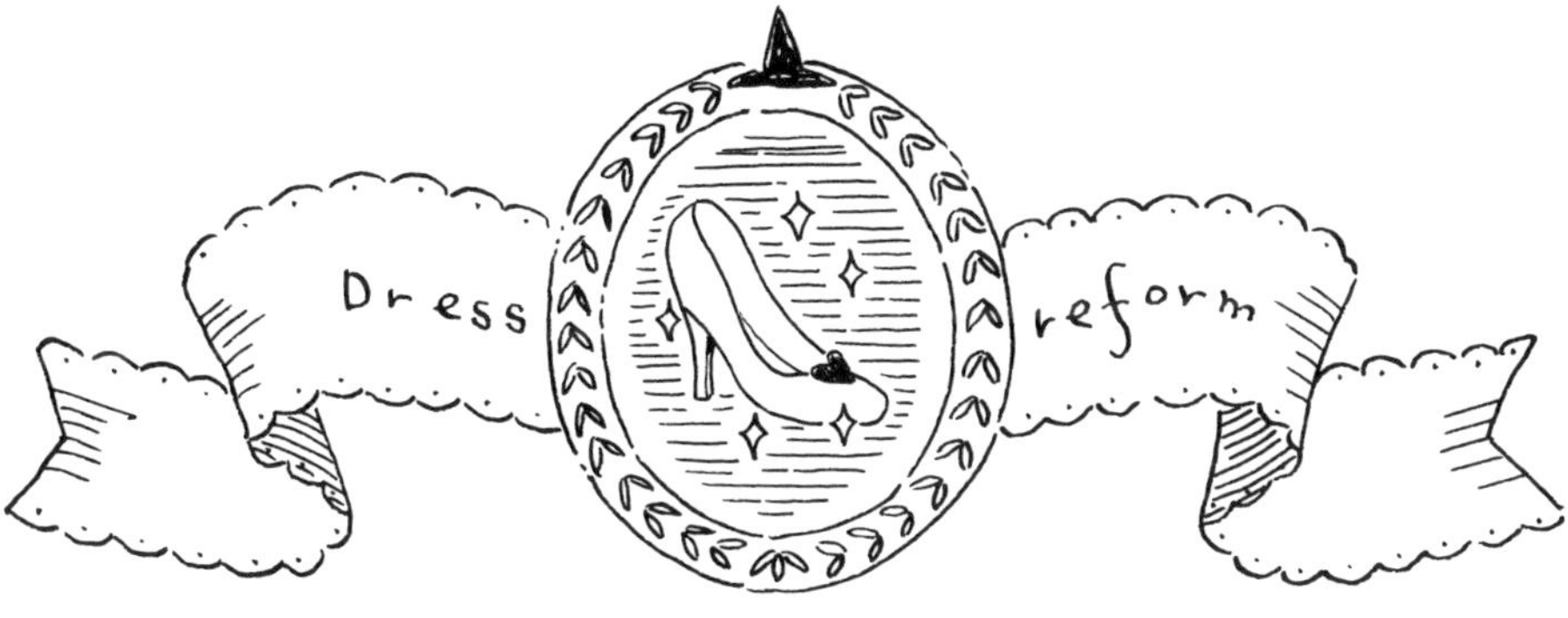

9

マーメイドドレスのリフォーム

つぎの日《ひ》から、いよいよドレスのリフォームがはじまりました。

「まずスリットをつくるところから、はじめるわ」

シルクは、人魚《にんぎょ》の尾《お》びれのように広《ひろ》がったすそについているチュールをはずしました。それから、おもいきって布《ぬの》をたてに切《き》って、スリットをつくります。

「スリットのところに生地《きじ》をたしてフレアースカートにつくり直《なお》すのよ。

ナナ、かんたんでしょ？」
スカートの形《かたち》を直《なお》しただけで、
ドレスはまったくちがうふんいきに
なりました。
スカートをしあげたら、つぎは
えりです。
ほっそりしたマニーのからだの
美《うつく》しさをみせるために、
肩《かた》のでたホルダーネックの
ドレスにつくりなおします。
デーテも、はりに糸《いと》をとおしたり、

コットンがアイロンがけするのを
手伝《てつだ》ったりしてくれました。
おかげでマニーのマーメイドドレスは、たった二日間《ふつかかん》で、
まったくあたらしいドレスに
うまれかわったのです。
できあがったドレスをみて、
ナナはいつものように、胸《むね》を
おどらせました。
「がんばったわね、シルク。マニーが
ドレスをとりにくるのは、あさって

の金曜日《きんようび》だけど、もうしあがっちゃった！
デーテも手伝《てつだ》ってくれたおかげね。きょう
はまだ水曜《すいよう》だから、あしたはゆっく
りできそうね」
仕事《しごと》をやりおえたナナは、は
りをはりさしにもどしなが
らそういいました。
するとシルクはこうこ
たえたのです。
「あら、あしたもゆっ
くりできなくてよ、

ナナ。あたらしいマニーのために、もうひとつひつようなものがあるの」

「ひつようなもの？」

するとコットンがにっこりといいました。

「あしたは、買《か》い物《もの》でございます。ナナさま」

そうきいて、ナナは目《め》をかがやかせます。

「わあ！　なにを買《か》いにいくの？」
その質問《しつもん》にシルクがこたえようと
すると、デーテがふたりの
あいだに割《わ》ってはいりました。
「まって！　いわないで
シルク。わたしが推理《すいり》するわ」
ナナとコットンは
小《ちい》さくため息《いき》をつきました。
シルクは
あからさまに
ウンザリとした顔《かお》を

しましたが、
デーテはまるで
気《き》にしていません。
そしてしばらく
かんがえこんでから
パッと顔《かお》をかがやかせて、
こうこたえたのです。
「わかったわ！　くつよ！」
「あらまあ！」
それをきいて、シルクとコットンは
目《め》を丸《まる》くしました。

「大《おお》あたりでございます。デーテさま」

これには、ナナもびっくりです。

「どうしてくつだとおもったの？　デーテ」

すると、デーテは得意《とくい》げに胸《むね》をそらしました。

「そんなのかんたんよ、ナナ。マニーは足《あし》がきれいだから、ハイヒールをはけば、もっときれいにみえるでしょ。それに、マニーは細《ほそ》い塀《へい》の上《うえ》もはしれるくらいバランスがいいわ。だからどんなに高《たか》いヒールだってはけるはず……ってわけ」

すると、コットンもにっこりとうなずきました。

「ハイヒールは女性《じょせい》のあこがれでございます。女《おんな》らしくなりたいマニーどのにはぴったりでございましょう。なにより、ハイヒールをはくこと

＊とっても　かんたん＊

シューズベルトのつくりかた

シューズベルトのつくりかた

1

平《ひら》ゴムをあしにまいて、
すこしひっぱりながら
ベルトの長《なが》さをきめます。
（ゆるくならないように）

2

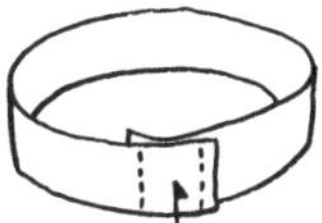

●リボンや花《はな》は
ここにつけます。

1の長《なが》さに 1cm《センチメートル》 たしてゴムを
きり、両《りょう》はしを 1cm《センチメートル》 かさねて
わをつくります。
かせねたぶぶんを
しっかりぬいとめます。

3

リボンを図《ず》のように
かさねて「なみぬい」し、
ひっぱってちょうちょ型《がた》を
つくります。

4

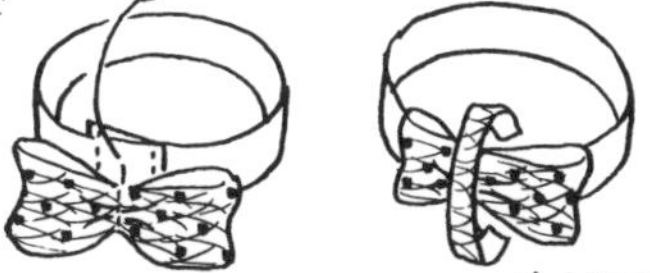

3を**2**にぬいつけます。
（ボンドではってもOK《オーケー》）
別《べつ》のリボンで
まんなかをくるみ、
ぬいつけます。（ボンドではってもOK《オーケー》）

いろいろつくってみよう！

リボンにビーズを
くみあわせて……

ぞうかやコサージュを
つけて…

毛糸《けいと》でボンボンを
つくって…

で、マニーさまのおかしなあるき方《かた》も直《なお》るはずでございます」

それをきいてナナはますます目《め》を丸《まる》くしました。たしかに、マニーがみんなにわらわれたのは、ペンギンみたいなあるき方《かた》をしたからです。

でも、ハイヒールをはくことで、あるき方《かた》まで直《なお》るものでしょうか？

すると、こんどはシルクがこうつづけました。

「おいわいの日《ひ》

に、ふだんは着《き》ないような昔《むかし》から伝《つた》わる服《ふく》や、ロングドレスを着《き》ることがあるでしょう。頭《あたま》の先《さき》から足《あし》の先《さき》まで、いつもとはちがっていると、ふだんよりずっとおしとやかな感《かん》じでうごくようになったりしなくて？
はしったり、飛《と》びはねたりはしないでしょ」
「それはそうね、シルク。いつもの自分《じぶん》とはすこしだけちがう気分《きぶん》にな

るわ。服《ふく》にふさわしい自分《じぶん》でいようとおもうのよね。そういう服《ふく》は飛《と》びはねたりするのには、むいていないし」

「ハイヒールもおなじよ、ナナ。ドレスだけではぴんとこなかったマニーだって、ハイヒールをはけば、いつもとおなじようにはうごけないと感《かん》じるはずよ。ハイヒールはひざをのばさないとうまくあるけないから、しぜんと女《おんな》らしい動作《どうさ》になって、気《き》もちもそんな

風《ふう》にかわるはず。あしたいくのは、『セルジアの店《みせ》』よ」
「セルジアの店《みせ》ですって!?」
そうさけんだのはデーテです。不思議《ふしぎ》そうな顔《かお》をするナナに、コットンがこうおしえてくれました。
「『セルジア』は、知《し》らない魔女《まじょ》はいないくらいのゆうめいなくつ屋《や》さんなのでございますよ、ナナさま。みんなのあこがれの店《みせ》なのです。なにしろ魔女《まじょ》の方《かた》がたはたいていは、くつが大好《だいす》きでございますからね」

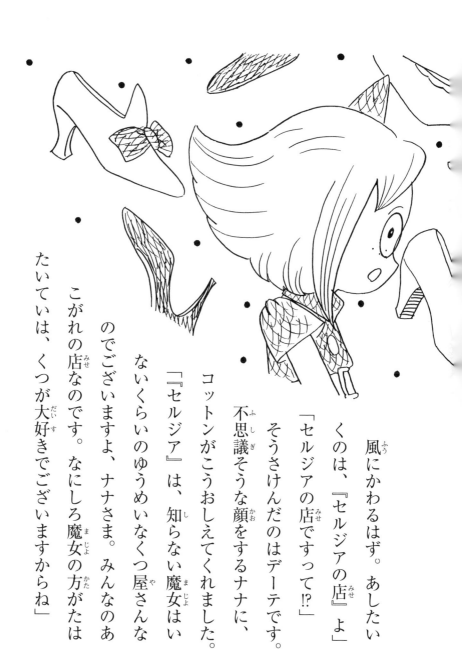

すると、デーテがうっとりとうなずきました。

「ああ、わたしも一足《いっそく》でいいからセルジアのハイヒールがほしい」

すると、シルクが肩《かた》をすくめました。

「いまみたいに仕事《しごと》をサボっていたら、あんな値段《ねだん》のくつは一生《いっしょう》買《か》えなくてよ、デーテ」

そういわれると、デーテはガックリと肩《かた》をおとしました。

「そんなに高《たか》いの？　コットン」

「はい、ナナさま。ですから……、あこがれの店《みせ》なのでございます」

そんな高級《こうきゅう》な店《みせ》で、シルクはくつが買《か》えるのでしょうか？

ナナはすこし心配《しんぱい》になりましたが、あしたになるのがまちきれない、とおもうのでした。

10

ため息《いき》のハイヒール

つぎの日《ひ》。

セルジアの店《みせ》につくと、ナナは目《め》をみはりました。

そこはお城《しろ》のなかのようにロマンチックで、くつがまるで宝石《ほうせき》のようにならべられています。

美《うつく》しいエナメルのくつは、みる角《かく》度《ど》によって虹色《にじいろ》にかがやいてみえました。とうめいな水晶《すいしょう》でつくられたくつのかかとには、むらさき色《いろ》のアメジストのヒールがついています。

ナナは芸術品《げいじゅつひん》のようなくつに、すっかり心《こころ》をうばわれて、店《みせ》じゅうをあるきまわりました。

「シルクじゃないの。ひさしぶりね」

店《みせ》の奥《おく》から、そういってあるいてくる魔女《まじょ》は、まっ赤《か》なハイヒールをはいています。

「こんにちは、セルジア」

セルジアは、すこし風《ふう》変《が》わりな魔女《まじょ》でした。ファッションのデザイナーというより、芸術家《げいじゅつか》のようなイメージです。ここにならんでいるくつも、美《うつく》しいだけでなく、とてもはけそうもないような奇妙《きみょう》なものまでありました。それでも、そんなくつはたくさんの魔女《まじょ》たちをとりこにしているのです。セルジアは、魔女《まじょ》たちのあこがれを一身《いっしん》にうけるゆうめいな魔女《まじょ》のひとりでした。

「シルクとセルジアさんは知《し》りあいなのね？」

ナナがコットンにたずねました。

「はい、ナナさま。セルジアさまは以前《いぜん》、リフォーム支店《してん》でドレスのお

直《なお》しを注文《ちゅうもん》されたことがございます。それ以来《いらい》、ときどき手紙《てがみ》をおくりあったりしているのでございますよ。セルジアさまは、シルクさまが自分《ぶん》のくつをはいてくれないと、ざんねんにおもっておいでてして……」

　すると、セルジアがこういっているのがきこえました。

「やっとわたしのくつをはく気《き》になったの？　シルク」

「いいえ、あんたのくつをはくのは、わたしじゃなくってよ、セルジア。それに、ここにならんでいるくつは値段《ねだん》がたかすぎるわ。だから、一日《にち》だけ貸《か》してもらえないかしら？　このデザインのドレスに、にあうくつを探《さが》しているの」

　そうきいてスケッチブックをみたセルジアは、こういいました。

「このドレスにぴったりのくつがあってよ、シルク」

そういってセルジアがゆびをならすと、一足《そく》のくつをのせたクッションがふわふわとやってきたのです。そしてそれは、ドレスとおなじラベンダー色《いろ》のハイヒールでした。水晶《すいしょう》でつくったチョウがつまさきできらきらかがやいています。

そして、おどろくほど高《たか》く、そして細《ほそ》い
ヒールがついていました。
ナナがいままでみたどんなくつより美《うつく》
しいハイヒールです。セルジア自身《じしん》も、
うっとりとそのくつをながめながら、
こういいました。
「このくつはとくべつなのよ、シルク。
『ため息《いき》のハイヒール』っていわれているの」
「ため息《いき》のハイ
ヒール？」
ナナがそうたずねて

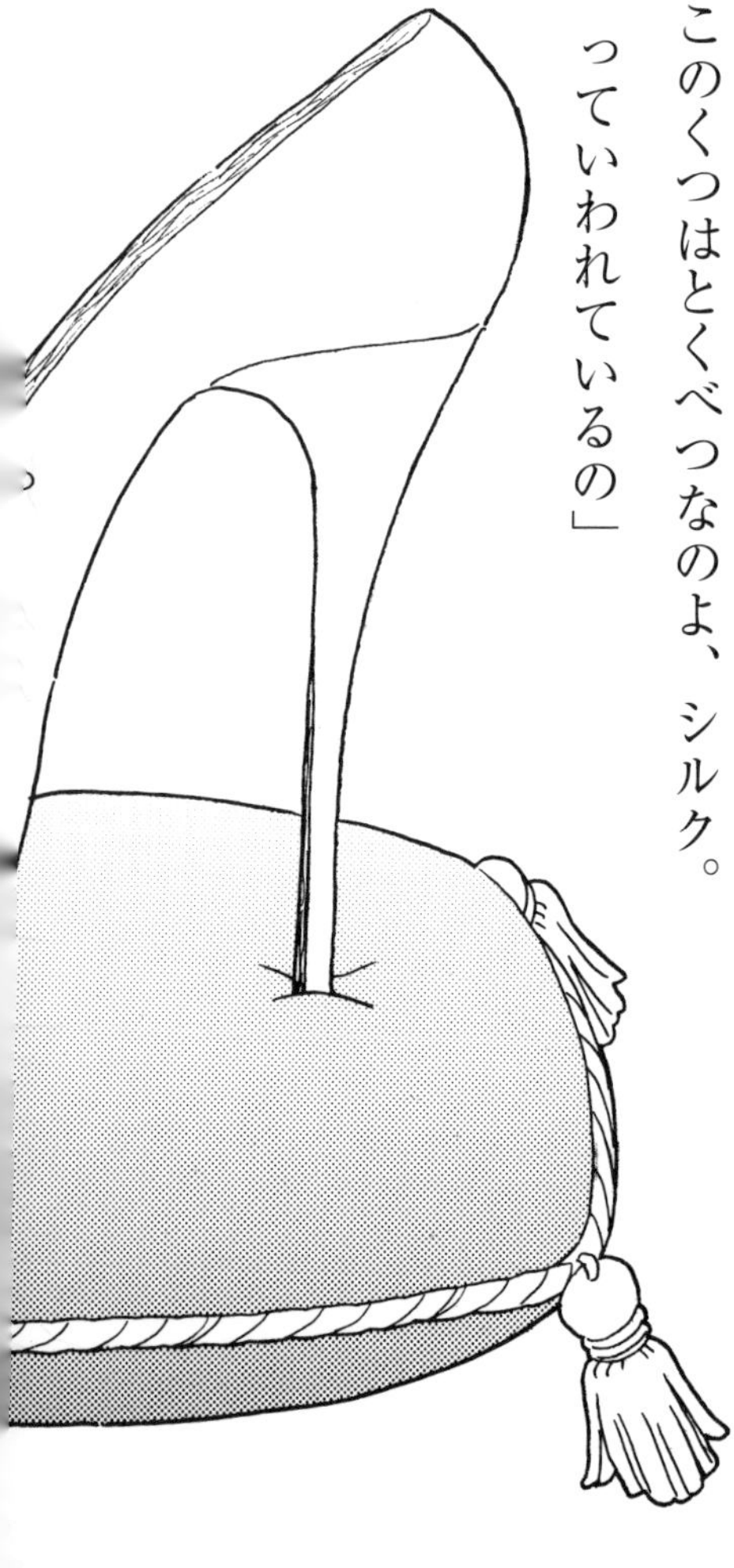

セルジアがこたえようとすると、
デーテがふたりのあいだに、割《わ》って
はいりました。

「まって！　いわないで。わたしが
推理《すいり》するわ。コレを、……はいてね！」
デーテはハイヒールをとると、ソファー
にすわりこみました。そしてなんと、
自分《じぶん》の足《あし》ではいてみたのです。
「ああっ！　なんて
きれいなの!!　わたしの足《あし》って
こんなにきれいだった？」

セルジアのハイヒールをはいたデーテの足《あし》は、みちがえるほど美《うつく》しくみえました。足《あし》だけみたら、女優魔女《じょゆうまじょ》だとおもうほどです。

デーテは、ほおをそめながらふ～っと大《おお》きなため息《いき》をつきました。そしてとんでもないことをいいだしたのです。

「このくつ、わたしがいただくわ！」

マニーのためにきたというのに、デーテはすっかりこのハイヒールのとりこになってしまいました。

シルクは、腰《こし》に手《て》をあててデーテをにらみました。

「いくらするとおもってるの？　デーテ。とてもあんたには買《か》えなくてよ」

シルクがそういっても、デーテの気《き》もちはかわりません。

そして立《た》ちあがろうとしますが、どうしたことか、そのたびにソファーにしりもちをついてしまい、立《た》つことができません。

「どうして？　立《た》てないわ……」

それをみて、セルジアはクスリとわらいました。

「はきたいという魔女《まじょ》はたくさんいるけれど、コレをはいてうまくあける魔女《まじょ》はなかなかいないのよ。立《た》ちあがることさえできない魔女《まじょ》も多《おお》いわ」

このハイヒールは、それほどかかとが高《たか》く、そして細《ほそ》いのです。

デーテはすっかり肩《かた》をおとし、しぶしぶハイヒールを自分《じぶん》の足《あし》からはずしました。そしてセルジアにかえすときに、また大《おお》きくため息《いき》をついたのです。こんどはざんねんで仕方《しかた》がない、というため息《いき》でした。

それをみて、コットンがこういいました。

「なるほど、だから『ため息《いき》のハイヒール』なのでございますね、セルジアさま。さすがデーテさま。ご自分《じぶん》ではくことで、みごとに推理《すいり》されました」

コットンがそういっても、デーテはまだガッカリしています。

その横《よこ》に立《た》って、シルクはセルジアにいいました。

「このくつをお借《か》りすることにするわ、セルジア。

マニーならきっとはけるはずよ。このくつでダンスパーティーにおくりだすわ」

それをきいてセルジアは目《め》を丸《まる》くしました。

「なんですって？　このくつでダンスをおどれるものですか。このくつはあるくこともむずかしい『ため息《いき》のハイヒール』なのよ、シルク」

それでも自信満々《じしんまんまん》のシルクをみたセルジアは、

こんなことをいいだします。

「それなら、シルク。もしそのマニーって魔女《まじょ》が、ほんとうにこのくつをはいてダンスをおどったなら、このくつを彼女《かのじょ》にプレゼントするわ」

それをきくと、シルクも目《め》を丸《まる》くしました。

「本気《ほんき》なの？　セルジア」

「ええ、本気《ほんき》よ、シルク。それに、この魔法《まほう》もオマケしちゃうわ！」

そういって、セルジアはとてもすてきな魔法《まほう》をそのくつにかけたのです。

11

あたらしいわたし

金曜日《きんようび》。

マニーがドレスをうけとりに、もう一度《ど》リフォーム支店《してん》にやってきました。

「わたしのパンツスーツはできあがったかしら？　シルク」

そうたずねるマニーに、シルクはお直《なお》ししたドレスをみせました。

「まあ!!　なんてきれいなドレス……これをわたしに？」

マニーは目《め》をみはりました。

そしてほおをそめながらドレスをみつめましたが、すぐにその顔《かお》がくもってしまいます。

「こんなドレスがにあったら、どんなにすてきかしら。でもきっとダメ。『わたしらしくない』ドレスですもの」

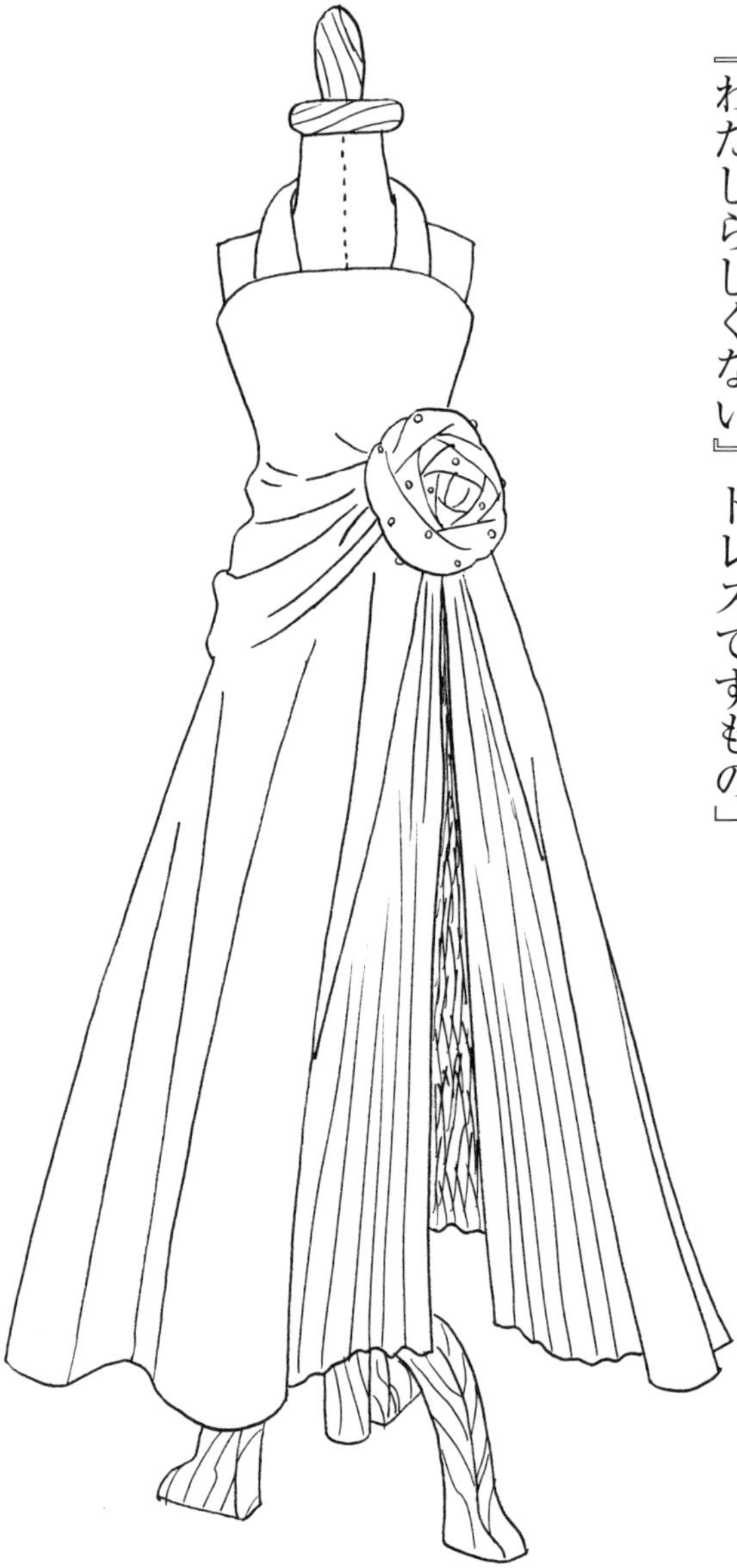

そんなマニーに、シルクはこの前《まえ》とおなじことをしました。ピンク水《すい》晶《しょう》の指《ゆび》ぬきを使《つか》って、一瞬《いっしゅん》で着《き》がえさせたのです。

マニーは鏡《かがみ》にうつった美《うつく》しい自《じ》分《ぶん》の姿《すがた》に目《め》をみはりました。ヘアスタイルも、スケッチブックどおりのポニーテールになっています。

そんなマニーに、シルクはセルジアからあずかったくつをさしだします。

「これをはいてみて、マニー。そこにすわってはくといいわ」

「まあ！　これはもしかしてセルジアのくつ？　夢《ゆめ》みたいだわ！」

マニーは「ため息《いき》のハイヒール」にすっと足《あし》をいれると、デーテとおなじように感《かん》激《げき》して、大《おお》きなため息《いき》をつきました。でも、そのあとはまるでちがっています。マニーはすこしもふらつかずに、ふわりと立《た》ちあがったのです。それをみたデーテは、目《め》を丸《まる》くしました。
「さあ、あるいてみせて、マニー」
そういうシルクに、マニーはしずかに
うなずいてこういいました。
「でも、シルク。とても細《ほそ》いヒールだわ。
つなわたりをしているみたい。
うまくあるけるかしら？」
マニーは、スッと片足《かたあし》を

前《まえ》にだしました。
そのうごきは、
マーメイドドレスのときとは、
まるでちがいます。ひざはバレリーナのようにのびて、その一歩《いっぽ》は、つなわたりをするようにからだの正面《しょうめん》におろされました。
　そうしてマニーは、まるでモデルのように、美《うつく》しくあるきだしたのです。マニーがあるくと、そのあとにきらきらとした星《ほし》がまいちりました。
「これがセルジアさんがかけたオマケの魔法《まほう》ね」

ナナは、その美《うつく》しさに
みとれました。きらきらと
かがやくくつのまわりを、
星《ほし》がとりまいています。
シルクがおもったとおり、
マニーがふたつめの「ざんねんな
ため息《いき》」をもらすことは
ありませんでした。
美《うつく》しいのは、くつだけでは
ありません。
マニーのすんなりのびた足《あし》は、

あるくたびにスリットから
するりとのぞき、みんなを
うっとりとさせます。
「すごいわ、マニー。とてもきれいよ」
デーテもおもわずそういいました。
「ありがとう。ドレスも
ハイヒールも『わたしらしくない』
かもしれないけど、
もうそんなことは気《き》にしないわ」
マニーはそういってから、
はずかしそうにわらいました。

「『わたしらしくない』なんて、やらないためのいいわけだったんだわ。わたしらしくなくたっていいの。はじめは失敗《しっぱい》しても、このドレス姿《すがた》もいつかは『わたしらしい』っておもえるようになりたいから」

そして、マニーは鏡《かがみ》のなかの「自分《じぶん》らしくない自分《じぶん》」をじっとみつめました。

「まるで、わたしの知《し》らなかった『あたらしいわたし』をみつけたみたい。ワクワクするわ！」

こうしてマニーは、あたらしい自分《じぶん》とであって、帰《かえ》っていきました。

マニーが帰《かえ》ったあと、デーテが「ため息《いき》のハイヒール」をおもいだして、またふうっとため息《いき》をもらしました。

「あのハイヒールをはいたときには、自分《じぶん》がなん倍《ばい》もきれいになった気《き》

がしたわ。わたしの知《し》らない『もうひとりのあたらしいわたし』をみつけたような気《き》がしたのに……」

そういってから、急《きゅう》にハッと顔《かお》をあげました。そして、大《おお》いそぎで自《じ》分《ぶん》の荷物《にもつ》をまとめはじめたのです。

「どうなさいました？　デーテさま」

「わたし、もう帰《かえ》ることにするわ、コットン。あたらしい探偵《たんてい》の仕事《しごと》をおもいついたのよ」

そして、みんなが顔《かお》をみあわせているうちに、デーテはすっかり荷物《にもつ》をまとめて、赤《あか》いドアの前《まえ》に立《た》ちました。

「シルク、ナナ。いろいろありがとう。ここをでていくのは、いつだってさびしいわ」

そして、コットンをみおろして、こういうのもわすれませんでした。

「コットンのいれてくれる紅茶《こうちゃ》が、きっと恋《こい》しくなるわね」

「わたしたちもさびしくなります。デーテさま。どうぞお元気《げんき》で。またのおこしをおまちしております」

「ありがとう。でも、これからまたいそがしくなるから、
しばらくはこられなくてよ」
赤《あか》いドアをあけると、きょうも雲《くも》ひとつない
青空《あおぞら》が広《ひろ》がっていました。
「こんな天気《てんき》の日《ひ》に、ほうきで飛《と》ぶのは、
気《き》もちがいいわ」
デーテはそういったかと
おもうと、つぎの瞬間《しゅんかん》には
空高《そらたか》くまいあがって
いました。
「ごきげんよう！」

そのことばを
のこして、
デーテの姿《すがた》は小《ちい》さく
なっていきました。
「デーテさまらしゅう
ございます」
そういってデーテを
みおくるコットンのとなりで、シルクは
肩《かた》をすくめました。
「たまには、デーテらしくないことが、できないのかしら」
すると、こんどはナナがこういいました。

「わたしはあしたの朝《あさ》から『わたしらしくない』ことをまたはじめるつもりよ！　マニーみたいに」

そして、手《て》のばんそうこうをはがしました。すり傷《きず》はすっかりなおっています。

「マラソンでございますね？　ナナさま」

ナナはにっこりとうなずきました。

「マニーのいうとおりだとおもったの。

『らしくないこと』をするのってワクワクするわ。あたらしい自分《じぶん》を探《さが》しているみたいで。だからもう一度《ど》チャレンジしようとおもうの」

「それは、すばらしいご決心《けっしん》でございますね。ナナさま。たくさんの『らしくないナナさま』をみてみたいものでございます」

「ありがとう、コットン。なんだか、もうわくわくしてきたわ」

にっこりわらうナナの横《よこ》で、シルクもうれしそうにうなずきました。

12

あたらしいあなた、お探《さが》しします

つぎの週《しゅう》。
マニーから手《て》紙《がみ》がとどきました。
片《かた》おもいの彼《かれ》と美《うつく》しくおどっているマニーの写真《しゃしん》もはいっています。
マニーの手《て》紙《がみ》にはこうかいてありました。

リフォーム支店《してん》のみなさんへ

『あたらしいわたし』を、みつけてくれてありがとう。
『らしくないこと』は、わたしをとてもしあわせにしてくれました。
これからも、いろいろなわたしをみつけていくつもりです。

マニーはセルジアのハイヒールでみごとなダンスをおどり、約束《やくそく》どおりセルジアからハイヒールをプレゼントされました。そのことは魔女《まじょ》のあいだでうわさになり、魔女《まじょ》という魔女《まじょ》が「ため息《いき》のハイヒール」を知《し》るようになりました。そして「われこそは」とセルジアの靴《くつ》をはくために、たくさんの魔女《まじょ》が店《みせ》につめかけたのです。こうしてセルジアはますますゆうめいになり、お店《みせ》は大繁盛《だいはんじょう》しました。

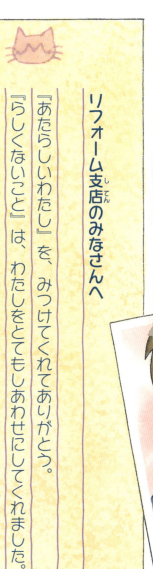

そうしてもうひとつ。デーテからもたよりがとどきました。
といっても、それはたよりというより、「広《こう》告《こく》チラシ」でしたが。

チラシをよんだシルクとナナ、コットンは顔《かお》をみあわせて大《おお》わらいしました。

きょうもリフォーム支店《してん》には、紅茶《こうちゃ》のいい香《かお》りがただよっています。

おいしそうにお茶《ちゃ》をすすっていたナナが、こういいだしました。

「ねえ、シルクもなにか『らしくないこと』をしてみたら？」

そういわれたシルクは肩《かた》をすくめますが、コットンがまじめな顔《かお》でこういいました。

「それは、いいかんがえでございますね。いかがでしょう？　シルクさま。マニーどのの『ほうきのりレッスン』にかよわれてみては？」

ファッション Tea Room

シューズのいろいろ

くつには、いろいろなシーンにあわせた種類《しゅるい》がございます。

フォーマル

重要《じゅうよう》なパーティーや授賞式《じゅしょうしき》に。

セミフォーマル

入学式《にゅうがくしき》からランチパーティーまでいろいろ。

タウン

ふだん用《よう》のくつ。

タウンシューズにはおしゃれなデザインがいっぱい。

ストラップパンプス

セミフォーマル

こどもなら、これでフォーマルもOK《オーケー》。

ロングブーツ

タウンシューズ

さむい季節《きせつ》の足《あし》もとが
オシャレに変身《へんしん》！

あみあげブーツ

タウンシューズ

ひもであみあげてはく、
クラシックなブーツ。

モカシンシューズ

タウンシューズ

甲《こう》の部分《ぶぶん》に革《かわ》や布《ぬの》を
ぬいたしたデザインのくつ。

ハイヒールパンプス

フォーマルシューズ

色《いろ》は黒《くろ》やベージュなどがフォーマル。
ハデな色《いろ》はセミフォーマル。

サンダル

セミフォーマル

色《いろ》やデザインによっては
フォーマルではける
サンダルもあります。

あんびるやすこ

群馬県生まれ。東海大学文学部日本文学科卒業。テレビアニメーションの美術設定を担当。その後、玩具の企画デザインの仕事に携わり、絵本、児童書の創作活動に入る。主な作品に、『せかいいちおいしいレストラン』「こじまのもり」シリーズ（共にひさかたチャイルド）「魔法の庭ものがたり」シリーズ（ポプラ社）『妖精の家具、おつくりします。』『妖精のぼうし、おゆずりします。』（PHP研究所）「なんでも魔女商会」「ルルとララ」「アンティークFUGA」シリーズ（いずれも岩崎書店）などがある。

ホームページ：http://www.ambiru-yasuko.com/

お手紙お待ちしてます！
いただいたお手紙は作者におわたしいたします。
〒112-0005 東京都文京区水道 1-9-2
（株）岩崎書店「なんでも魔女商会」係

おはなしガーデン50
なんでも魔女商会23
あたらしいわたしの探し方

二〇一五年十二月五日　第一刷発行

著者　あんびるやすこ
発行者　岩崎弘明
発行所　株式会社岩崎書店
〒一一二―〇〇〇五
東京都文京区水道一―九―二
電話　〇三―三八一二―九一三一（営業）
〇三―三八一三―五五二六（編集）
振替　〇〇一七〇―五―九六八二二
印刷　株式会社精興社
製本　株式会社若林製本工場

©2015 Yasuko Ambiru.
Published by IWASAKI Publishing Co.,Ltd.
Printed in Japan.
NDC913　ISBN978-4-265-05500-5

ご感想ご意見をお寄せ下さい。
Email: hiroba@iwasakishoten.co.jp
岩崎書店ホームページ　http://www.iwasakishoten.co.jp
乱丁本・落丁本はおとりかえいたします。

本書のコピー、スキャン、デジタル化等の無断複製は著作権法上での例外を除き禁じられています。本書を代行業者等の第三者に依頼してスキャンやデジタル化することは、たとえ個人や家庭内での利用であっても一切認められておりません。